Stephanie Polák, geboren 1974, lebt mit ihrem Mann und ihren zwei Kindern in Berlin. Sie arbeitete viele Jahre bei Film und Fernsehen, unter anderem als Musikredakteurin bei MTV und in der Produktion von internationalen Kinofilmen im Studio Babelsberg. Irgendwann begann sie, ihre eigenen Geschichten zu erfinden. Etwas anderes möchte sie nie wieder tun.

Stephanie Polák

Mr Right

ODER WIE ICH MEINEN FREUND ERFAND

Roman

Oetinger Taschenbuch

Außerdem bei Oetinger Taschenbuch erschienen:

Herzfunken

1. Auflage 2017
© Oetinger Taschenbuch in der Verlag Friedrich Oetinger GmbH,
Poppenbütteler Chaussee 53, 22397 Hamburg
November 2017
Alle Rechte vorbehalten
Umschlaggestaltung: yourcoverdesign.com
Druck: CPI books GmbH, Birkstraße 10, 25917 Leck, Deutschland
ISBN 978-3-8415-0438-8

www.oetinger-taschenbuch.de

1. Kapitel

»Ich bin zurück!«, flöte ich ins Telefon und bin ganz hibbelig vor Freude. Knapp drei Wochen habe ich Meral weder gesehen noch gehört. Meine Eltern haben beschlossen, dass wir die Ferien an der Nordsee »handyfrei« verbringen. Spitzenidee, echt … Aber Meral war eh ein paar Tage im Feriencamp, wo auch keine Handys erlaubt sind. Also hielt sich das Drama in Grenzen. Umso gespannter bin ich jetzt, was bei meiner besten Freundin in der letzten Zeit passiert ist, vor allem in ihrem Aktivcamp in den Bergen.

»Oh, Lynn, endlich! Wie war's bei euch?«, höre ich Merals Stimme, deren Klang mir seit zehn Jahren vertraut ist wie der einer Schwester.

»Es war sterbenslangweilig!« Ich will ausholen und von unendlich öden Wattspaziergängen, widerlichem Krabbenpulen und einer katastrophalen Fahrt mit einem Fischkutter erzählen, als Meral mir ins Wort fällt: »Wann sehen wir uns? Morgen? Es ist so un-glaub-lich viel passiert!«

»Ja, klar! Ich kann am Vormittag vorbeikommen«, schlage ich vor und krame das Notizbuch aus der Reisetasche, das ich in dem kleinen Souvenirladen in Bremerhaven für sie gekauft habe. Der Umschlag ist aus lilafarbenem Samt, auf den feine Blumen und ein Vögelchen gedruckt sind. Es ist wunderschön, und ich freue mich schon jetzt, es ihr zu schenken. Sie wird es lieben, ganz bestimmt. Wieso aber eigentlich erst morgen?

»So früh geht bei mir nicht. Gegen zwei? Ich sage Joe Bescheid, die muss ich eh gleich noch anrufen.« Irgendwas an Merals Stimme ist anders. Sie klingt so wahnsinnig aufgedreht.

»Okay«, antworte ich ein wenig lahm. Nun ziehe ich das zweite Notizbuch aus der Tasche. Dieses hat einen türkisfarbenen Samtumschlag und ist für Joey. Obwohl es ähnlich aussieht wie das für Meral, ist es nicht ganz so schön. Außerdem wurde eine Ecke beim Transport leicht angeschlagen. Na ja. Wird schon nicht weiter auffallen.

»Super! Du, ich hab's wahnsinnig eilig, bin noch verabredet. Aber morgen will ich alles über euren Urlaub wissen. Und ich hab News.« Sie kichert ein wenig. »Ciaosky, meine Süße! Ich freue mich riesig, dass du wieder da bist.«

Es klickt in der Leitung. Ich starre verwundert auf das Telefon. Eigentlich hatte ich mit einem einstündigen Gespräch gerechnet. Mindestens! Mit wem trifft sich Meral denn jetzt? Mit Joey ja wohl nicht. Komisch. Und *ciaosky, meine Süße*?! Was ist das denn? Das habe ich noch nie von ihr gehört. Ich seufze und lasse mich auf mein Bett fallen. Etwas zu schwungvoll vielleicht, denn der Bilderrahmen auf meinem Nachttisch kracht lautstark um. Ich nehme das Foto von Meral, Joey und mir in die Hand und betrachte es lange.

Meral kenne ich seit dem Kindergarten. Ihr Vater Nedim ist aus der Türkei, ihre Mutter Tina ist Deutsche. Die beiden haben sich im Urlaub kennengelernt. Dann ist Tina zu Nedim nach Istanbul gezogen, hat dort Meral bekommen, und kurz nach Merals viertem Geburtstag sind sie alle zusammen nach Deutschland gegangen. Als Meral zu uns in den Kindergarten kam, konnte sie zwar alles verstehen, aber sie hat sich kaum getraut, selber zu reden. Zumindest in den ersten Wochen.

Obwohl Merals Vater ein Moslem ist, trägt sie kein Kopftuch oder so. Nedim sagt immer, dass er ein moderner Moslem ist. Jedenfalls ist Meral meine beste Freundin, und das wäre sie natürlich auch mit Kopftuch. Seit dem Kindergarten sind wir unzertrennlich, wurden dann auch zusammen eingeschult und sind auf die gleiche Oberschule gewechselt. Da haben wir Joey kennengelernt. Die heißt eigentlich Josefine, aber das ist ihr zu lang und zu altmodisch. Deshalb besteht sie darauf, dass man sie Joey nennt. Und seit Kurzem will sie sogar nur noch Joe genannt werden, weil das erwachsener klingt. Joe lebt alleine mit ihrer Mutter Sabine, die immer wahnsinnig lange arbeitet. Sie leitet eine kleine Werbeagentur und verdient da richtig viel Geld, glaube ich.

Ein wenig betrübt stelle ich den Bilderrahmen zurück auf meinen Nachttisch und gehe mit hängenden Schultern runter zu meiner Familie ins Wohnzimmer.

»Na, war Meral nicht zu Hause?«, fragt meine Mutter, als sie mich sieht.

Meine Eltern sitzen auf der Couch und gucken mit meinem kleinen Bruder Ben *Sandmännchen*. Ben ist vier und nervt in der Regel total. Zum Glück hat ihn der Fernseher gerade förmlich eingesaugt, sodass er mal für eine Viertelstunde den Mund hält. Sonst wäre er wohl auf dem Sofa herumgesprungen und hätte lautstark »Meral, Meral« geschrien, denn er liebt meine beste Freundin über alles und lässt uns keine Sekunde in Ruhe, wenn sie zu Besuch ist.

Ich lasse mich neben den kleinen Stinker in die Kissen fallen und drücke ihm seinen platt geknuddelten Teddy in den Arm. »Doch, schon, aber sie ist verabredet und hatte keine Zeit. Wir treffen uns morgen«, antworte ich.

Irgendwie nervt mich das. Den Abend hatte ich mir anders vorgestellt. Ich hatte sogar ein wenig damit gerechnet, dass Meral noch spontan vorbeikommt. Ich hab sie so vermisst und hätte gerne mit ihr auf meinem Bett gesessen und stundenlang gequatscht. Sie wusste doch, dass ich heute nach Hause komme. Den Tag hat sie sich vor den Ferien in den Kalender eingetragen, das habe ich genau gesehen. Nun muss ich mir das *Sandmännchen* anschauen.

Mom schaut mich prüfend an. »Alles in Ordnung?« Als ich nicke, sagt sie lächelnd: »Dann machen *wir* uns eben einen netten Abend.«

Aber ich habe gar keine Lust, Zeit mit meiner Familie zu verbringen. Das habe ich in den letzten drei Wochen schon zur Genüge. In dieser kahlen Ferienwohnung, die gar nicht so dicht am Strand lag, wie im Prospekt angekündigt. Und im Streichelzoo oder beim Ausflug ins Wellenbad – was durchaus ein netter Nachmittag hätte werden können, wenn mein kleiner Bruder sich nicht das Knie aufgeschlagen hätte. All das hätte ich Meral heute gerne erzählt. Zumal mir mein normales Leben hier zu Hause echt gefehlt hat. Tja, morgen dann.

»Im Nachbarhaus sind übrigens neue Leute eingezogen«, sagt Papa, als das *Sandmännchen* vorbei ist und wir vor dem dampfenden Essen sitzen, das der Pizzabote bei uns abgeliefert hat. Natürlich ist der Kühlschrank nach unserem Urlaub noch leer, aber Pizza kommt mir nach all dem Fisch an der Nordsee gerade recht.

»Ach wirklich?« Mom schneidet die Pizzen und verteilt sie auf vier Teller.

»Ja, ich habe eben, als ich die Tür geöffnet habe, ein Auto in der Einfahrt stehen sehen.« Papa greift sich seinen Teller und stellt Benny ebenfalls einen vor die Nase. Der fängt sofort an, die Salamischeiben herunterzupulen und mir auf den Teller zu werfen.

»He, ich bin nicht dein Mülleimer«, meckere ich.

Ben grinst frech, stopft sich ein riesiges Stück Pizza – ohne Salami – in den Mund, um dann schmatzend zu nuscheln: »Hoffentliff haben die auff Kinder!«

Angeekelt sehe ich weg. Kleines Monster!

»Vielleicht stellen wir uns in den nächsten Tagen einfach mal vor«, sagt Mom lächelnd.

Ich weiß, wie sehr sie sich wünscht, dass es in unserer Straße so freundschaftlich zugeht wie in einer amerikanischen Vorstadt-Soap. Vor allem, da ihre beste Freundin Regina bald wegzieht. Aber hier wohnen nur Langweiler und Rentner. Unsere vorherigen Nachbarn waren die Oberspießer, die wegen jedem Zweig, der auch nur einen Millimeter über den Zaun gewachsen ist, gleich einen riesigen Aufstand gemacht haben. Wir waren echt froh, als die vor ein paar Wochen nach Singapur gezogen sind!

»Spielen wir eine Runde *Mensch ärgere Dich nicht?*«, fragt Ben, obwohl noch zwei Pizzastücke auf seinem Teller liegen. Ich habe keinen Bock mehr auf Spiele. Also stopfe ich mir einen letzten Bissen in den Mund und verkrümele mich in mein Zimmer. Ich will den Tag hinter mich bringen und morgen wieder in meinem normalen Leben mit meinen Freundinnen aufwachen.

2. Kapitel

»Lynni!!!«

Meral drückt mich so fest an sich, dass ich kaum noch Luft bekomme. Egal, ich bin einfach nur froh, sie zu sehen. Meral zieht mich durchs Haus in den Garten, wo sie Getränke, Kekse und frische Kirschen für uns bereitgestellt hat.

»Joe kommt gleich. Aber erzähl doch schon mal, wie es bei euch am Meer war.« Ihre dunklen Augen funkeln.

»Warst du beim Friseur?«, frage ich zuallererst. Ihre schwarzen Haare sehen gar nicht mehr so lockig aus wie sonst, sondern viel platter.

Kichernd fährt sie mit der Hand darüber. »Neues Shampoo. Sieht super aus, oder?«

»Hm, ja.« Ich liebe Merals Locken, war sogar immer richtig neidisch darauf. Denn wenn Meral ihre Haare nicht gerade mit einem Glättungsshampoo wäscht, sind sie so wild und voluminös. Meine Haare sind das genaue Gegenteil – schlaff und strähnig. Mom nennt meine Haarpracht gerne *Spaghettilocken*, und ich muss zugeben, das trifft es leider ziemlich gut. Schon rein farblich betrachtet.

Es klingelt an der Tür. »Das muss Joe sein!«, ruft Meral

aufgeregt und flitzt ins Haus. Gleich darauf höre ich meine beiden Freundinnen kichern und tuscheln und spüre in meinem Bauch kribbelnde Vorfreude auf die nächsten Stunden. Ich wühle schon mal die Notizbücher, die ich für die zwei an der Nordsee gekauft habe, aus meiner Tasche hervor. Kaum habe ich sie neben den Krug mit Wasser und Zitronenscheiben gelegt, steht Joey vor mir. Sie trägt superknappe Shorts und ein enges Trägershirt. Joey ist eindeutig die Modischste von uns dreien und hat oft Klamotten an, die ich mich nie trauen würde, auch nur heimlich in der Umkleidekabine anzuprobieren. Sie ist ultrabraun, was wohl daran liegt, dass sie gerade mit ihrer Mutter zehn Tage in der Karibik war. Joey drückt mich an sich, und als sie mich wieder loslässt, hält sie mir ein kleines buntes Papiertütchen vor die Nase. »Hab ich dir mitgebracht. Meral und ich haben auch eins.«

Ich nehme ihr das Tütchen ab und ziehe ein hellblaues geknotetes Armband heraus, auf das ein kleines Holzschildchen mit der Aufschrift »Puerto Rico« aufgefädelt ist. Joey nimmt es mir sofort wieder aus der Hand und bindet es mir um. Dann hält sie stolz ihr lilafarbenes Armband daneben und Meral ihr grünes. Wir müssen lachen. Was bin ich froh, dass wir drei wieder zusammen sind!

»Ich habe euch auch was mitgebracht«, sage ich und greife nach den beiden Büchern auf dem Tisch.

Meral seufzt. »Also, ich hätte euch aus dem Feriencamp höchstens etwas Selbstgetöpfertes mitbringen können. Zum Shoppen war da wirklich gar nichts.« Entschuldigend sieht sie uns an.

Joey lacht laut auf und zwinkert ihr zu. »Dafür hast du ja was ganz anderes aus dem Feriencamp mitgebracht.«

Meral wird rot im Gesicht und wendet sich nun mit übertriebenem Interesse meinen Geschenken zu, die ich noch immer in der Hand halte. Ein bisschen verunsichert und mit der Frage im Kopf, was Joey schon weiß und ich nicht, reiche ich meinen Freundinnen die Päckchen. Während Joey das Papier stürmisch aufreißt, öffnet Meral ihr Geschenk ganz vorsichtig.

»Oh, Süße, das ist ja hübsch!«, jubelt Joey und drückt mich. Zum Glück scheint ihr nicht aufgefallen zu sein, dass ihr Buch ein wenig angeschlagen ist.

Und auch Meral ist begeistert von meinem Mitbringsel.

Wir setzen uns in die immer etwas ungemütlichen Terrassenstühle, und Meral gießt uns so überschwänglich ein, dass die Eiswürfel nur so in die Gläser poltern.

»Joey, wie war's in der Karibik?«, frage ich und schnappe mir eine Kirsche.

»Joe, bitte! Ohne -y!«, ermahnt mich meine Freundin und streicht ihr langes kastanienbraunes Haar zurück. Ich nicke und grinse verlegen. Dass ich das aber auch immer wieder vergesse!

Joey seufzt laut. »Ja, also, Puerto Rico war ganz nett. Tolles Wasser, tolle Strände, aber eben auch ein bisschen öde. Der Ferienclub war klein, und es waren kaum Leute in meinem Alter da. Nur ein langweiliges Mädel und ein pickeliger Junge.« Sie macht ein angewidertes Gesicht. »Aber meine Mutter und ich haben ein paar Ausflüge gemacht, uns massieren lassen, und ich habe viel gelesen.«

»Und geschrieben«, fällt Meral ihr ins Wort.

Joey, äh, Joe kichert. »Stimmt.«

»Okay.« Ich bin irritiert. Joey schreibt sonst nie Postkarten aus dem Urlaub. Ich zumindest habe noch nie eine bekommen. Auch gestern, als Paps unsere Post durchgeschaut hat, war keine Karte aus der Karibik dabei. Kommt vielleicht noch. Die Post aus Puerto Rico braucht bestimmt ewig, bis sie in Deutschland ist.

»Das war's?« Ich sehe Joey erstaunt an, doch sie nickt bloß.

»Hm«, mache ich und wende mich an Meral. »Dann erzähl du mal, wie es im Camp war.«

Meral grinst breit. »Es war fantastisch! Schade, dass du nicht mitgefahren bist.«

Ja, das wäre ich tatsächlich gerne, aber meine Eltern haben mich nicht gelassen. Das Ferienhaus an der Nordsee hatten sie schon ein halbes Jahr im Voraus gebucht und konnten es sich nicht leisten, mir einen Extraurlaub zu zahlen.

»Am Anfang fand ich es ganz schrecklich, da wäre ich am liebsten zurückgefahren«, erzählt Meral. »Aber dann habe ich ein paar Leute kennengelernt, und es wurde richtig witzig. Wir waren beim Wildwasserrafting, im Hochseilgarten, und jeden zweiten Abend gab es Disco. Einmal haben wir nachts eine Fackelwanderung gemacht. Das war alles spitze!«

»Mhm«, macht Joey und blinzelt mehrmals. Irgendwas weiß ich noch nicht. In den Ferien muss was passiert sein, von dem mir bis jetzt noch keiner erzählt hat.

Ich beuge mich vor und sehe die beiden scharf an. »Okay, Mädels, was ist hier los?«

Meral und Joey tauschen Blicke aus.

»Du zuerst«, sagt Joey.

»Nein, du!«, antwortet Meral.

»In Ordnung.« Theatralisch holt Joey Luft und wendet sich an mich: »Kannst du dich an Moritz erinnern?«

»Moritz … Moritz? Nö.« Keine Ahnung, von wem sie spricht.

»Aus der Parallelklasse. Seine Mutter ist doch seit einiger Zeit mit meiner Mutter in der gleichen Sportgruppe. Deshalb waren die beiden uns kurz vor den Ferien mal besuchen, weißt du noch?« Joey trommelt ungeduldig mit den Fingern auf der Tischplatte.

Ja, ich erinnere mich ganz dunkel, habe mir aber seinen Namen nicht gemerkt. Trotzdem nicke ich und frage mich, was für eine überraschende Wendung diese Geschichte noch nehmen soll.

»Gut. Am Tag, an dem ihr zur Nordsee aufgebrochen seid, und einen Tag bevor wir in die Karibik geflogen sind, waren wir zum Gegenbesuch bei Moritz und Monika eingeladen. Monika ist seine Mutter. Tja, und da …« Joey macht eine lange Pause und sieht mir dabei tief in die Augen. »Da hat es gefunkt!«

Hä?

»Was?« Ich verstehe die Geschichte einfach nicht.

Joey springt von ihrem Stuhl auf. »*Was?* Na, zwischen Moritz und mir hat's gefunkt!«

Ich bekomme den Mund nicht mehr zu. Das heißt ja

wohl im Klartext, dass Joey verliebt ist. Mir fehlen die Worte.

Zum Glück läuft sie jetzt auf und ab und plappert fröhlich weiter: »Wir haben den ganzen Abend miteinander geredet, aber dann sind Ma und ich ja eben in den Urlaub geflogen. Also haben Moritz und ich uns jeden Tag WhatsApp geschrieben, und als wir dann endlich zurück in Deutschland waren …«, nun bleibt Joey stehen und verschränkt die Arme vor der Brust, »haben Moritz und ich uns wiedergesehen.« Sie lässt sich auf den Stuhl neben mir fallen und beugt sich zu mir rüber. »Seit einer Woche sind wir zusammen!«

Okay, da ist die überraschende Wendung! Joey und Moritz? Zusammen? Ich ringe um Fassung. Habe ich vielleicht einen völlig falschen Jungen im Kopf? Der Moritz, den ich vor Augen habe, passt irgendwie nicht zu meiner Freundin.

»Das ist ja …« Oje, wie lächelt man noch mal? »Ähm, toll!«

Joey strahlt übers ganze Gesicht, reckt ihren Kopf ein wenig und macht: »Mhm!«

Noch immer kriege ich das mit dem Lächeln nicht so richtig überzeugend hin, fürchte ich. Verzweifelt schaue ich zu Meral, in der Annahme, dass sie ebenso verwirrt ist wie ich. Doch Meral grinst breit, und ich verstehe gar nichts mehr.

»Dann bist du wohl die Erste von uns mit einem Freund, ja?« Jetzt wird es langsam. Einfach die Mundwinkel nach oben ziehen. Ich beruhige mich. Verstehen tue ich zwar nichts mehr, aber egal. Die aufgedrehte, flippige Joey mit diesem Langweiler? Das will einfach nicht in meinen Kopf.

»Na ja.« Joey zieht die vier Buchstaben so lang wie einen Bandwurmsatz und schaut nun Meral an. »Wie man's nimmt.«

Langsam nervt mich das hier alles. Ich sehe zu Meral hinüber, die auf ihren Fingernägeln rumkaut. Ich erkenne, dass sie dahinter unsicher lächelt.

»Na los, sag schon«, fordert Joey Meral auf. Die nimmt nun die Hand runter, sieht mich an und sagt ganz schnell: »Ich bin mit Luis zusammen!«

Damit mein Mund nicht schon wieder offen steht, schlage ich diesmal die Hand davor. In was für einem Film bin ich hier gelandet? Und wie lange war ich noch mal weg? Drei Wochen oder drei Jahre? »Wer ist Luis?«, stammele ich.

»Ich habe ihn im Feriencamp kennengelernt, und gleich nach ein paar Tagen hat er mich gefragt, ob ich mit ihm gehen will.« Ihre Augen strahlen. Die ganze Meral strahlt. Sie sieht glücklich aus wie nie. »Er ist sooo süß! Und er wohnt auch gar nicht weit von uns entfernt. Ist das nicht ein Zufall? Er geht auf das Schiller-Gymnasium, kennst du doch.«

Ich nicke matt und schaue zwischen meinen beiden grinsenden Freundinnen hin und her. Was zur Hölle ist in den letzten drei Wochen mit ihnen passiert? Da sitzen sie und grinsen, verliebt bis über beide Ohren. Und ich bin jetzt hier der Idiot.

3. Kapitel

Als ich abends nach Hause komme, habe ich wirklich miese Laune. Der ganze Nachmittag hat sich um Luis und Moritz gedreht. Meral hat bis ins kleinste Detail erzählt, wie Luis ihr im Feriencamp das erste Mal tief in die Augen gesehen hat. Und noch viel länger war ihre Schilderung des Moments, als sie gemeinsam die Zelte aufgebaut haben und Luis ihr dabei vorsichtig über die Finger gestreichelt hat. Etwas knapper, aber für meinen Geschmack immer noch viel zu ausführlich folgte dann der Bericht über den ersten Kuss. Und natürlich musste auch Joey ihre Erlebnisse mit Moritz lang und breit darlegen. Und ich habe eigentlich den ganzen Nachmittag kaum etwas gesagt. Gefragt wurde ich auch nichts. Stattdessen sprangen Meral und Joey bei jedem Handypiepsen in die Höhe und freuten sich wie Kleinkinder über lahme Nachrichten ihrer neuen Boyfriends. Puuuuuh.

»Oh, du bist spät«, begrüßt mich Mom, als ich die Tür aufschließe. »Ich dachte, du isst bei Meral. Wir sind gerade fertig mit dem Abendessen. Es ist aber noch was da.«

Obwohl ich eigentlich gar keinen Appetit habe, setze ich mich an den Tisch. Ein bisschen Ablenkung tut bestimmt gut. Es gibt Spinat, Kartoffeln und Ei. Bens Lieblingsessen – ich kann's echt nicht mehr sehen. Lustlos schaufele ich mir ein bisschen Rührei und Kartoffeln auf den Teller und stochere darin herum.

»Wie war's denn bei Meral? Hatte sie Spaß in dem Feriencamp?«, fragt Mom.

»Ja, alles super. Was gibt es hier denn Neues?« Ablenken ist immer noch die beste Taktik.

»Och, wir haben den letzten Urlaubstag genossen«, sagt Paps.

Morgen ist Montag, da müssen meine Eltern wieder in die Praxis und Ben in den Kindergarten. Nur gut, dass ich noch knapp drei Wochen Ferien habe!

»Wir haben ein bisschen im Garten gearbeitet. Nach dem Urlaub gab es ganz schön viel zu tun«, erzählt Mom.

»Und wir haben die neuen Nachbarn kennengelernt.« Ben springt auf seinem Stuhl auf und ab. »Die haben einen Hund! Den darf ich immer streicheln, wenn ich will. Der ist ganz lieb. Wie heißt der noch mal, Mama?«

Mom kratzt sich am Kinn. »Ähm, Django, mein Schatz.«

»Aha. Sind die nett?«, frage ich teilnahmslos.

»Ja, sie machen einen sehr netten Eindruck. Außerdem haben sie einen Sohn, der ungefähr in deinem Alter ist.«

Na, das hat mir gerade noch gefehlt. Von Jungs habe ich für heute wirklich genug.

Paps erzählt weiter: »Die Nowacks haben vorher in Hamburg gelebt, aber jetzt hat der Vater hier einen neuen Job. Er arbeitet bei einer Zeitung – ein recht hohes Tier, glaube ich.«

Während ich mir die letzte Kartoffel in den Mund schiebe, die ohne Sauce echt trocken ist, wird mir also erzählt, was unsere neuen Nachbarn in ihrem Leben vorher so getrieben haben. Kaum habe ich den letzten Bissen runtergewürgt, lasse ich die Gabel auf den Teller fallen. »Sorry, Leute, aber ich brauche mal eine Pause.«

Mom sieht mich mitfühlend an. »Alles in Ordnung? Leg dich doch in die Badewanne!«

»Gute Idee, mache ich.« Hauptsache, ich habe meine Ruhe.

Ben wirft beinah seinen Stuhl um, als er aufspringt und schreit: »Ich will aaaauuuch!!!«

Paps schiebt ihn an der Schulter zurück. »Lass mal die Lynn in Ruhe baden. Wir können ja noch eine Runde *Memory* spielen.«

Damit ist Ben dann auch zufrieden, und ich verschwinde in den ersten Stock, wo ich mir ein Bad einlaufen lasse.

Was für ein Tag!, denke ich, als ich in die duftenden Schaumwelten eintauche. Da hatte ich mich so sehr auf die zweite Ferienhälfte mit meinen Freundinnen gefreut, und jetzt das! Statt Pyjamapartys, Lästernachmittagen und Grillabenden wird es nun nervige Treffen mit Moritz und Luis geben. Denn Meral und Joey können es natürlich kaum erwarten, mir ihre Herzblätter vorzustellen, das haben sie mehrfach gesagt. Ich hingegen kann mir nichts Schlimmeres vorstellen. Kuscheln, knutschen und ich als fünftes Rad am Wagen mittendrin. Fantastische Aussichten!

In diesem Moment zwickt mich das schlechte Gewissen.

Sollte ich mich nicht für meine Freundinnen freuen? Die beiden sind so was von glücklich, das ist doch eigentlich toll. Aber ich kann nichts dagegen tun, dass meine Unlust und meine Angst, jetzt überflüssig zu sein, überwiegen.

Es klopft an der Badezimmertür.

»Darf ich kurz reinkommen?«, erklingt Moms Stimme, und ich rutsche etwas tiefer in die Wanne.

»Klar«, rufe ich wenig begeistert.

Sie setzt sich zu mir auf den Beckenrand. »Irgendwas war doch heute bei Meral, oder? Du wirkst so bedrückt.«

»Meral hat jetzt einen Freund. Und Joey auch!«, sage ich knapp und spüre, wie mir Tränen in die Augen schießen.

Mom kneift die Lippen zusammen und sagt dann »Oh«.

»Ja, das ist richtiger Mist. Ich habe keine Lust auf diesen Pärchenkram.« Mit der flachen Hand haue ich auf den Badeschaum.

»Das tut mir leid. Ich weiß, wie sehr du dich auf die Zeit mit den beiden gefreut hast. Aber ihr könnt es euch doch trotzdem nett machen.« Sie streichelt mir den Kopf, was wirklich guttut. Wenn ich nicht so nass wäre, würde ich sie jetzt umarmen.

»Sie reden aber nur noch über ihre neuen Freunde. Über nichts anderes mehr! Sie wollten nicht mal wissen, wie unser Urlaub war.«

Mom erhebt sich und trocknet ihre Hand ab. »Wart mal ab, das legt sich schon wieder. Das ist leider normal, wenn man frisch verliebt ist. Und wenn dir alles zu nervig wird, kannst du immer noch zu Tante Tine fahren.«

Das wäre eine Option. Papas Schwester lebt auf einem

Bauernhof, wo es todlangweilig ist. Aber momentan alle-mal besser als hier. Ich nicke dankbar. »Mal sehen.«

»Genau.« Nun kramt Mom in ihrem Schrank. »Schau mal, ich habe eine neue Gesichtsmaske. Wenn du willst, kannst du sie nachher ausprobieren. Davon bekommt man pfirsichzarte Haut.«

Sie stellt mir eine rosafarbene Dose auf den Badewan-nenrand. Dann drückt sie mir einen Kuss auf den Kopf und öffnet die Tür. Im Rausgehen dreht sie sich noch ein-mal zu mir um. »Kommst du nachher zu uns runter? Wir wollten, wenn Ben schläft, diese neue Show im Fernsehen anschauen.«

»Okay«, sage ich und tauche unter.

Nach ein paar Minuten steige ich aus der Wanne, trockne mich ab und ziehe meinen uralten, aber kuschelig wei-chen Blümchenpyjama an. Dann wickele ich mir ein Hand-tuch um den Kopf und trage sorgsam die Maske auf, die quietschrosa auf meinem Gesicht haften bleibt. Ich schneide meinem Spiegelbild Grimassen und muss lachen. Ich sehe wirklich albern aus.

Auf der Verpackung lese ich, dass die Maske zehn Mi-nuten einwirken muss, und beschließe, die Zeit in mei-nem Zimmer zu verbringen, bevor ich zum gemeinsamen Fernsehabend nach unten gehe. Von dort ist schon Ben zu hören, der lautstark protestiert, dass er nicht Zähne put-zen mag.

Ich laufe in mein Zimmer und gerate prompt ins Stol-pern. Klar, meine Tasche, die ich seit gestern immer noch nicht vollständig ausgepackt habe, liegt mitten im Raum.

Ich komme ins Straucheln und kann mich gerade noch am Fensterbrett festhalten. Puh, Glück gehabt!

Ich rücke den Handtuchturban auf meinem Kopf zurecht und rappele mich langsam wieder hoch, als mein Blick nach draußen schweift. Geradewegs in himmelblaue Augen! Was zur Hölle? Ich schrecke zurück.

Im Fensterrahmen des Nachbarhauses sitzt ein Junge und grinst mich frech an. Reflexartig reiße ich den Vorhang zu und drücke mich sicherheitshalber an die Wand. Wie peinlich war das denn? Blümchenpyjama und Turban auf dem Kopf! Ich schlage mir mit der Hand an die Stirn, die prompt kleben bleibt. Ja, na klar, die Gesichtsmaske auch noch. Ich muss aussehen wie ein Alien.

Aber davon mal ganz abgesehen – wieso glotzt dieser Typ in mein Zimmer? Das müssen wohl die neuen Nachbarn sein. Mom hatte ja gesagt, dass die einen Sohn in meinem Alter haben. Nur: Muss der genau in mein Zimmer sehen können? Wie soll ich denn mein normales Leben weiterleben, wenn ich zu jeder Tages- und Nachtzeit unter Beobachtung stehe? Was für ein mieser, mieser Tag!

Ich trotte zurück ins Bad und laufe Ben in die Arme, der nun doch seine Zahnbürste in der Hand hält.

»Uäh, wie siehst du denn aus?«, fragt er mit gekräuselter Nase. »Wie ein Monster!«

Sehr nett, genau das brauchte ich jetzt noch. Ich schiebe ihn wortlos beiseite und wische mir erst mal die pinke Paste aus dem Gesicht.

»Fühlt sich gut an, oder?«, fragt Mom, als sie dazukommt, doch ich werfe ihr nur einen genervten Blick zu.

»Du weißt schon, dass der Sohn von euren neuen Freunden nebenan direkt in mein Zimmer glotzen kann, oder?«

»Ach?« Sie sieht mich mit großen Augen an. »Na, aber das ist doch nett. Dann könnt ihr euch vielleicht anfreunden.« Nun lächelt sie selig, und ich weiß genau, dass ihre T V-Soap-Fantasie gerade weiter Gestalt annimmt. Vermutlich hat sie ein Bild vor Augen, wie der Typ und ich eine Seilwinde zwischen unseren Fenstern spannen und uns einen Korb mit frisch gebackenen Muffins hin- und herschieben, während sie mit der Mutter, ihrer neuen besten Freundin, erst eine kleine Joggingrunde einlegt und sie dann gemeinsam einen Nachmittagsdrink zu sich nehmen.

Ich beschließe, ab sofort hinter verschlossenen Vorhängen zu leben.

»Er heißt Milo«, klärt Mom mich nun auf und fährt derweil Ben mit einem Waschlappen über das Gesicht.

Interessiert mich nicht die Bohne, denke ich und schüttele nur angewidert das Gesicht.

»Der Hund ist so süß«, schwärmt Benny. »Du wirst den auch toll finden.« Anschließend besteht er darauf, mir einen Gutenachtkuss zu geben, und in solchen Momenten finde ich ihn dann doch ganz niedlich.

4. Kapitel

Okay, neuer Tag, neues Glück.

Der Vorhang bleibt zu, aber ich kann der Versuchung nicht wiederstehen, zumindest einen kleinen Blick hinauszuwerfen.

Heute sitzt niemand am Fenster. Dafür höre ich einen Pfiff. Ich schiebe den Vorhang noch ein Stück zur Seite und sehe, dass dieser Milo im Garten mit seinem Hund rumtollt. Ich kann nicht genau erkennen, was für ein Hund das ist. Er ist hellbraun und hat Schlappohren. Vielleicht ein Mischling. Gerade wirft Milo einen Ball quer durch den Garten. Der Hund flitzt los und bringt ihn zurück. Lachend beugt sich Milo zu seinem Hund runter, nimmt seinen Kopf in beide Hände und wuschelt ihm durchs Fell, dass die Ohren nur so durch die Luft fliegen.

Eine Weile beobachte ich die beiden, und als sie sich auf die Wiese fallen lassen, kann ich auch Milo etwas besser sehen. Von gestern kenne ich ja nur seine blauen Augen. Er hat dunkelblondes Haar, das er zu einem Knoten zusammengebunden hat. Was trägt er da für ein Shirt? Ich kann es nicht erkennen. Während ich meine Stirn an die Fensterscheibe drücke, um die Aufschrift zu entziffern, schaut Milo plötzlich zu mir hoch. Nicht schon wieder! Blitzschnell reiße ich den Vorhang zu. Mit meiner Privatsphäre ist es jetzt echt vorbei.

Das Telefonklingeln holt mich aus meinen trüben Gedanken. Weil keiner abnimmt, stürze ich die Treppe runter und hechte zum Festnetzanschluss.

»Ja?«, keuche ich.

»Wieso ist denn dein Handy nicht an?« Es ist Meral. Ich werfe einen Blick auf die Uhr in der Küche. Halb zehn. Auf dem Tisch steht ein einsamer Teller, auf dem ein Zettel liegt.

»Bin gerade eben erst aufgestanden«, entschuldige ich mich und überfliege den Brief, den Mom mir geschrieben hat. Stimmt, meine Eltern müssen heute wieder arbeiten, und Ben ist im Kindergarten. Die nächsten drei Wochen habe ich das Haus tagsüber für mich.

»Wir wollen heute ins Freibad. Du kommst doch auch, oder?«

Ein freudiges Kribbeln breitet sich in mir aus. »Ja, klar! Wann denn?«

»Luis will mich gegen elf abholen. Joe und Moritz treffen wir dann direkt dort. Hinten auf der kleinen Liegewiese, okay?«

Prompt sinkt meine Laune in den Keller. Luis und Moritz sind also auch dabei. Viel lieber wäre ich mit meinen Freundinnen alleine gegangen. So wie früher. Pommes essen, Karten spielen, am Beckenrand sitzen und über andere Leute lästern. Ob das mit den Jungs auch noch geht? Ich wage das zu bezweifeln. Vielleicht sollte ich mir ein

Buch einstecken. Nur zur Sicherheit, falls Joe und Meral anderweitig beschäftigt sind.

»He, alles okay?«, fragt Meral nach, weil ich vergessen habe zu antworten.

»Äh, ja, klar. Ich komme dann einfach dazu. Weiß ja, wo ich euch finde.« Den Teller, den Mom für mich bereitgestellt hat, räume ich weg und schnappe mir eine Schüssel, in die ich Müsli und Milch kippe.

»Ich freue mich riesig, dir Luis nachher vorzustellen. Du wirst ihn bestimmt mögen.« Merals Stimme ist ganz sanft, und ich spüre, wie wichtig ihr dieses Treffen ist.

Ich beschließe, meine schlechte Laune erst mal wegzuschieben. Vielleicht male ich mir das alles viel zu schwarz aus. Vielleicht wird es ja doch ganz lustig. Daher verabschiede ich mich auch relativ fröhlich und versichere, dass ich mich freue und ganz gespannt bin.

Nach dem Frühstück mache ich mich fertig, packe meine Badetasche und vertrödele die Zeit. Zu gerne würde ich draußen ein paar Körbe werfen. Paps hat mir vor zwei Jahren einen Basketballkorb an die Hauswand geschraubt. Aber durch das Küchenfenster kann ich sehen, dass Milo und sein Hund noch immer im Garten sind. Also verwerfe ich meinen Plan und stöbere stattdessen ein wenig bei Instagram herum. Um kurz vor elf gehe ich los. Von Milo und seinem Hund keine Spur mehr, daher kann ich entspannt das Haus verlassen.

Im Schwimmbad angekommen, entdecke ich zwar Joes Handtuch mit den pinken Palmen, aber Joe selber sehe ich nicht. Neben dem Palmenhandtuch liegt ein grünes Handtuch, auf dem in riesigen Lettern RESERVIERT steht. Das gehört dann wohl Moritz. Ich stelle meine Tasche neben Joeys Sachen ab und breite mich dort aus. Dann warte ich, aber weder Joey noch Meral tauchen auf. Als ich schon überlege, beim Becken nachzusehen, kommen zwei eng umschlungene Leute auf mich zu. Das Mädchen winkt wie verrückt. Ich drehe mich um, aber da ist niemand hinter mir, dem sie zuwinken könnte. Meint die mich? Wer …? Doch dann wird mir klar, dass es Meral ist, die Arm in Arm mit einem Jungen auf mich zusteuert. Diesen Anblick bin ich einfach nicht gewöhnt.

Der Junge muss dann wohl Luis sein. Ich versuche zu lächeln. Irgendwie hatte ich ihn mir anders vorgestellt. Er ist so … normal. Sieht beinah ein wenig spießig aus mit seinem Polohemd und den karierten kurzen Hosen.

»Hi, Lynn, freut mich, dich kennenzulernen!« Er reicht mir die Hand, und wir begrüßen uns. Na ja, das war zumindest ganz nett. Mal abwarten, wie sich das so entwickelt.

Während Meral und Luis ihre Taschen auspacken, kommt eine pitschnasse Joey angerannt, dicht gefolgt von einem ebenso nassen Moritz.

»Hey, da seid ihr ja endlich!«, ruft Joey viel zu laut und überdreht. »Das Wasser ist herrlich, ihr müsst unbedingt gleich mit reinkommen!«

Moritz und Luis geben sich High five, und mich begrüßt Moritz mit einem »Mahlzeit!«.

Bislang kannte ich ihn nur vom Sehen aus der Schule, daher weiß ich auch nichts über ihn. Innerhalb der nächsten Minuten wird aber schnell klar, dass er sich selbst für sehr witzig hält. Er reißt einen blöden Spruch nach dem anderen. So was wie »Wenn Schwimmen schlank macht, was machen Blauwale dann falsch?«.

Joey kringelt sich vor Lachen, ich kann leider nur müde lächeln. Immerhin scheint Luis einigermaßen nett zu sein. Zumindest ist er ruhig und drängt sich nicht so in den Mittelpunkt wie der Sprücheklopfer Moritz.

Irgendwann gehen wir zum Schwimmbecken. Während Joey und Moritz sich sofort übermütig ins Wasser stürzen, bleibe ich noch am Beckenrand sitzen und halte meine Beine ins Wasser. Es ist ein richtig warmer Tag, und ich genieße mit geschlossenen Augen eine Weile einfach die Sonne auf der Haut. Um mich herum wird gelacht, gequietscht und gegrölt.

Als mich ein Schwall kaltes Wasser trifft, reiße ich die Augen wieder auf. Moritz tollt gerade mit Joey herum. Sie rudert dabei so wild mit den Armen, dass ich die kalte Dusche wohl ihr zu verdanken habe. Nun springt Moritz von hinten auf Joeys Schultern und gluckert sie unter. Laut prustend taucht sie wieder auf und nimmt sofort Rache. Ich schüttele unmerklich den Kopf, als mein Bauch schon wieder anfängt zu zwicken. Ich lehne mich ein Stück zurück und halte mein Gesicht in die Sonne. Immer wieder höre ich Joey lachen. So ausgelassen habe ich sie selten erlebt. Klar, sie ist immer gut drauf, aber mit Moritz an ihrer Seite ist es doch noch mal ganz anders. Ich seufze tief. Wann werde ich wohl einen Jungen kennenlernen, mit dem ich so viel Spaß haben kann wie Joey mit Moritz? Einen, den ich richtig toll finde – einen, der auch mich so toll findet, dass ich bei ihm sein kann, wie ich eben bin? Hoffentlich gibt es so einen überhaupt …

Irgendwann kommt Meral angeschwommen, zieht sich am Beckenrand hoch und nimmt neben mir Platz. Suchend schaue ich mich um. Luis schwimmt ein paar Bahnen. Als ich nicht sofort auf ihre Anwesenheit reagiere, stupst Meral mir ihren eisigen Ellenbogen in die Seite. »Und?«

»Was *und*?«

Meine Freundin reißt die Augen auf. »Wie findest du ihn?«

Mit geschürzten Lippen antworte ich: »Luis? Nett, glaube ich.«

»*Glaubst du?*« Merals Stirn zieht sich in Falten.

»Na ja, ich habe noch nicht viel von ihm mitbekommen. Aber das, was ich von ihm mitbekommen habe, war nett.«

Nun lächelt Meral erleichtert. »Das freut mich. Du wirst ihn schnell besser kennenlernen, keine Sorge. Ich bin mir sicher, dass ihr gut miteinander auskommen werdet!«

Das hoffe ich, denke ich. Wieder schallt ein spitzer Schrei durch das Freibad, der nur von Joey stammen kann. Moritz hat sie hochgehoben und ins Wasser geworfen. Da ich seit meiner Rückkehr noch keine Gelegenheit hatte, mit Meral alleine zu reden, nutze ich die Chance und frage: »Was hältst du von Moritz?«

»Ach, er ist superlustig!« Sie grinst mich breit an, aber ich kenne sie zu gut und merke, dass ihr Lächeln nur zu 95 Prozent ehrlich ist. Vielleicht sogar nur zu 90 Prozent. »Und Joe ist total happy. Das ist doch toll, findest du nicht?«

»Klar«, stimme ich ihr zu. Trotzdem frage ich mich, wie sie es mit so einem Sprücheklopfer aushält. Doch das spreche ich nicht aus. Warum, kann ich gar nicht sagen, aber alles fühlt sich mit einem Mal so anders an, dass ich es lieber für mich behalte.

»He!«, ruft Moritz da und kommt auf uns zugeschwommen. »Schwimmt ihr noch, oder seid ihr schon gekentert?«

Ich kann es mir gerade noch verkneifen, mit den Augen zu rollen. Witzemäßig liegen wir einfach nicht auf einer Wellenlänge.

»Gekentert«, ruft Meral ihm zu und sackt kichernd in sich zusammen, als würde ihr die Luft ausgehen wie einem alten Wasserball.

Moritz lacht viel zu laut und bespritzt uns mit Wasser. Zum Glück nähert sich Joey wieder, taucht hinter ihm ab und zieht ihm die Beine weg. Moritz reißt die Augen auf, versinkt aber schon im Wasser. Joey kringelt sich vor Lachen.

»To-tal lustig ist er!« Ich verziehe keine Miene.

»Jetzt sei nicht so«, ermahnt mich Meral lachend. »Joey ist glücklich, also muss er nett sein. Und wir hatten letzte Woche wirklich einen richtig schönen Abend zu viert.«

Ja, zu viert. Ob so ein Abend auch zu fünft noch lustig wäre? Ich wage das zu bezweifeln, sage aber wieder nichts.

Wir schauen eine Weile wortlos dem Treiben zu – zwei Omas mit Blümchenbadehauben, kleine Kinder, die Ball spielen, eine Mutter, die ihr Baby ängstlich umklammert, und viel zu viele laute und wilde Jugendliche. Ferien eben. Dann sehen wir Luis, der mit langen Kraulbewegungen auf uns zusteuert. Er trägt eine Taucherbrille und eine Nasenklammer und sieht aus wie ein Profischwimmer.

»Süße, ich schwimme noch ein paar Runden, ist das okay?«, fragt er, als er bei uns angekommen ist. »Ihr beide quatscht doch eh miteinander, oder nicht?«

Meral lächelt ihn selig an. »Klar, mach mal. Wenn du fertig bist, können wir uns was zu essen holen, ja?« Luis nickt, und Meral beugt sich vor, um ihm einen Kuss zu geben. Ein total fremdes Bild für mich. Luis taucht wieder ab, und Meral erzählt: »Er ist im Schwimmverein, weißt du?«

Ha, da lag ich also gar nicht so falsch mit dem Profischwimmer.

»Er trainiert wahnsinnig viel. Fast jeden Nachmittag nach der Schule. Ich weiß noch gar nicht, wie das werden soll. So bleibt ja kaum Zeit für uns. Aber jetzt sind erst mal noch Ferien. Wenn die Schule wieder losgeht, sehen wir weiter.« Glücklich lehnt Meral sich zurück.

»Jetzt kommt doch endlich mal rein, ihr Landratten!«, ruft Joey und winkt uns stürmisch zu.

Meral und ich schauen uns an. »Na los!«, sage ich. Ich habe ja nun wirklich lange genug am Rand gesessen. Die Sonne hat meine Haut aufgeheizt, daher kommt eine Abkühlung gerade recht.

Wären wir drei Mädchen allein, würden wir ein, zwei Bahnen drehen und sonst eher am Rand stehen, um Leute zu beobachten. Jetzt ist aber Action-Moritz dabei, und innerhalb kürzester Zeit stecken wir mitten in einer Wasserschlacht. Obwohl ich anfangs etwas zurückhaltend bin, macht es schnell richtig viel Spaß. Luis kommt auch irgendwann dazu, und die armen Menschen, die um uns herum baden, tun mir ein wenig leid, weil wir so wild sind. Aber ich bin einfach nur froh, dass ich trotz der ungewohnten Konstellation für ein paar Momente mal keine Außenseiterin bin. Vielleicht werden die nächsten drei Wochen ja doch noch ganz lustig – wenn auch anders als früher.

Moritz ist für meinen Geschmack zwar etwas zu unbändig, aber ich muss dennoch lachen, als er mich im Getümmel irgendwann hochhebt. In dem Moment, in dem ich noch hoffe, dass er mich nicht zu heftig ins Wasser wirft, spüre ich einen Luftzug an meinem Po. Und *schwupp*, bin ich schon unter Wasser und merke, dass irgendetwas so gar nicht stimmt. An meinem linken Bein kitzelt es, und als ich mich abtaste, stelle ich fest, dass die Bändel an meiner Bikinihose aufgegangen sind und die Hose verrutscht ist. Moritz muss mit seinen Fingern in meiner Schleife hängen geblieben sein!

Oh nein, bin ich jetzt tatsächlich mit nacktem Hintern durchs Schwimmbad geflogen? Das darf doch nicht wahr sein! Noch unter Wasser versuche ich, meine Bikinihose davon abzuhalten, sich völlig von meinem Körper zu lösen. Glücklicherweise gelingt mir das, aber es ändert nichts an der Tatsache, dass meine linke Pobacke beim Flug durch die Luft entblößt war. Ich tauche wieder auf und versuche dabei, die Schleife irgendwie zusammenzubinden. Ein schneller Blick zur Seite zeigt mir, dass Moritz gerade mit Joey rumblödelt. Bevor er sich mich noch mal schnappen kann, tauche ich hektisch ans andere Ende des Beckens, wo ich mich erst mal von dem Schreck erholen kann.

Ich reibe mir das Chlorwasser aus den Augen und atme tief durch. Schön, dass das Erste, was der neue Freund meiner zweitbesten Freundin von mir zu sehen bekommt, meine nackte Arschbacke ist. Schlimmer kann es ja wohl nicht kommen! Ich habe jetzt schon Angst vor seinen blöden Sprüchen. Vielleicht hat Moritz das ja aber auch gar nicht gesehen? Unwahrscheinlich, muss ich mir eingestehen. All der Spaß, den ich gerade hatte, ist verflogen.

Ohne den anderen Bescheid zu sagen, steige ich aus dem Wasser und ziehe mich auf die kleine Liegewiese zurück. Am liebsten würde ich sofort nach Hause gehen, aber dazu müsste ich mich zumindest von den anderen verabschieden, was nur ginge, wenn ich wieder zum Becken laufe. Und da möchte ich auf gar keinen Fall hin.

Ich hülle mich fest in mein Handtuch. Das Gekreische aus dem Becken höre ich bis hier. Bestimmt haben Meral und Joey noch nicht mal gemerkt, dass ich nicht mehr da bin. Ich fühle mich plötzlich total einsam und könnte einfach nur heulen.

Meral und Luis kommen eine Viertelstunde später zurück.

»Wo bist du denn so plötzlich abgeblieben? Du warst einfach weg. Alles okay?« Meral sieht mich besorgt an.

Ich mache eine wegwerfende Handbewegung. Glücklicherweise habe ich mich in den letzten Minuten wieder etwas beruhigt. »Klar! Ich hab nur zu viel Wasser geschluckt und brauchte eine kleine Pause.«

»Na, dann ist ja gut.« Meral strahlt mich an. »Magst du zum Imbiss mitkommen? Ich habe einen Bärenhunger!«

»Ich werde gleich mal nach Hause gehen.« Ich schnappe mir meine Tasche und wühle mein T-Shirt hervor.

Meral stemmt die Hände in die Seiten. »Jetzt schon?«

»Ja, ich soll Ben heute aus dem Kindergarten abholen«, lüge ich. Für heute habe ich genug.

»Schade!« Sie sieht mich nachdenklich an. »Telefonieren wir morgen?«

Während ich meine Shorts über die noch immer nasse Bikinihose ziehe, nicke ich. »Klar!«

Dann verabschiede ich mich von Meral und Luis und haue so schnell wie möglich ab.

5. Kapitel

Ein lautes »Gummistiefel!« reißt mich am nächsten Morgen aus dem Schlaf. Ein Blick auf den Wecker verrät mir, dass es halb neun ist. Meine Eltern sind vermutlich dabei, Ben anzuziehen, den sie gleich im Kindergarten absetzen, bevor sie in ihre Praxis weiterfahren.

Laut seufzend erhebe ich mich und gehe nach unten.

»Lynnilein, guten Morgen!« Meine Mutter ist mal wieder blendender Laune. Sie ist eine echte Frühaufsteherin, die in der Regel um sieben schon das Haus geputzt, die Zeitung gelesen und ein leckeres und natürlich total gesundes Frühstück für uns gezaubert hat.

»Morgen«, knurre ich zurück.

Am Frühstückstisch sitzt mein Vater und gähnt herzhaft. Ich weiß, von wem ich das Murmeltier-Gen geerbt habe. Ich setze mich neben ihn, drücke ihm einen Kuss auf die unrasierte Backe und schnappe mir ein kleines Vollkornbrötchen, das noch ganz warm ist. Heute früh hat Mom also nicht geputzt, sondern gebacken. Fantastisch!

Ben betritt die Küche. Er trägt seine dunkelgrünen Gummistiefel, einen Regenmantel und hält einen aufgespannten Schirm in der Hand.

»Ich hab dir doch gesagt, dass für heute 28 Grad und Sonne angesagt sind.« Mom seufzt. »Zieh das bitte wieder aus.«

Ben schüttelt den Kopf. »Heute regnet's. Ganz bestimmt.«

»Lass ihn«, brummt Paps. »Dann schwitzt er eben den ganzen Tag. Vielleicht muss er das lernen.«

Mom wirft ihm einen finsteren Blick zu, sieht zu Ben, der triumphierend grinst, und wirft schließlich die Arme in die Höhe. »Regen – so ein Unsinn!« Vor sich hin murmelnd, verlässt sie die Küche.

Paps tut so, als sei nichts gewesen, während Ben sich zu uns an den Tisch setzt.

»Vielleicht kann ich dann Regenwürmer sammeln«, grübelt Ben.

Angewidert sehe ich meinen kleinen Bruder an. »Wozu?«

»Ich will Experimente mit ihnen machen!« Er kramt aus seiner Regenmanteltasche eine Seite einer Kinderzeitung hervor und legt sie vor mir auf den Tisch. *Regenwurmschaukasten* lautet die Überschrift.

»Äh, aber die bleiben schön im Garten, ja?« Ich schiebe ihm seine Anleitung wieder zu.

»Hilfst du mir dabei?« Mit großen Augen sieht er mich an.

Ich werfe unauffällig einen Blick nach draußen. Die Sonne strahlt mir entgegen, und das, was ich vom Himmel sehe, ist knallblau. Nach Regen sieht's nun wirklich nicht aus. »Wir warten mal ab, okay? Vielleicht, wenn du aus dem Kindergarten zurück bist. Aber wenn's heute nicht regnet, finden wir auch keine Würmer. Dann kannst du das eh vergessen.« Ich bin mir ziemlich sicher, dass Bens Plan ins Wasser fällt – oder eben auch nicht, haha.

»Und was machst du heute?«, fragt Paps nun.

Ich springe auf und gehe zu meinem Handy. Meine Eltern bestehen darauf, dass die Handys nachts in der Küche geladen werden. Auf dem Zimmer ist ab Schlafenszeit Handyverbot. Anstrengend irgendwie. Keine neuen Nachrichten. Hm.

»Ich weiß nicht, werde wohl Meral und Joey gleich mal anrufen.« Ich checke noch eben Facebook, aber auch da keine Neuigkeiten von meinen Freundinnen.

Meine Mutter kommt wieder in die Küche und tippt energisch auf ihre Uhr, was für Paps und Ben heißt: Los jetzt, wir haben keine Zeit mehr. Stühle scharren, Teller klappern, ein Kuss hier, ein Kuss dort.

»Lass uns doch mal ein Sommerferien-Grillen mit deinen Freundinnen machen«, schlägt Mom im Weggehen noch vor. »Können wir ja später vielleicht bereden.«

»Du vergisst, dass *meine Freundinnen* jetzt Freunde haben«, rufe ich ihr genervt hinterher.

Sie steckt den Kopf noch mal durch die Küchentür. »Die können doch auch mitkommen!« Dann winkt sie, und weg sind die drei.

Ein Grillfest zu … ich zähle nach: acht. Noch bin ich nicht von der Idee überzeugt. Wie soll das aussehen? Während Meral und Joey mit ihren Freunden kuscheln, spiele ich mit Benny Ball? Nee, echt nicht! Seufzend schicke ich Meral eine WhatsApp: »Sehen wir uns heute?«

Keine halbe Minute später klingelt mein Handy. Meral.

»Guten Morgen!«, trällert sie in den Hörer.

»Morgen«, muffele ich zurück. Zu viel gute Laune in der Früh.

»Joey und ich haben gestern nachgedacht«, fährt Meral fort, ohne auf meine Laune einzugehen.

»Worüber?«

»Es ist ja nicht zu übersehen, dass du eine kleine Stimmungsaufbesserung brauchst. Und darum haben wir uns was überlegt. Wir treffen uns nachher im Eiscafé.«

Prompt schiebt sich ein dickes Grinsen auf mein Gesicht. Ha! Haben die zwei doch gemerkt, dass reine Mädelszeit auch mal sein muss.

»Super! Wann denn?«, frage ich also.

»Um eins?«, schlägt Meral vor, und ich willige ein.

Freudestrahlend gehe ich in mein Zimmer, das noch immer dunkel ist. Klar, der Vorhang ist geschlossen. Langsam nervt es mich, dass kein Tageslicht mehr in mein Zimmer kommt. Während ich kurz überlege, ob ich nicht wenigstens einen Spalt aufziehen könnte, höre ich aus dem Nachbargarten Hundegebell und beschließe, es lieber sein zu lassen. Und so schalte ich die Deckenlampe an und stöbere in meinem Kleiderschrank nach einem passenden Outfit. Schnell ziehe ich ein weißes Trägerkleid hervor und werfe es mir über. Dann mache ich es mir mit einem meiner Lieblingsbücher bequem, bis es Zeit ist, aufzubrechen.

Auf dem Weg zur Eisdiele kribbelt mein Bauch. Zum einen ist da die Vorfreude auf Meral und Joey, zum anderen aber auch ein wenig Sorge, dass die beiden wieder nur von Luis und Moritz reden könnten. Deshalb habe ich extra ein paar unserer Urlaubsfotos auf mein Handy gezogen, damit ich vom nervigen Jungs-Blabla ablenken kann.

Die Eisdiele *Venezia* ist im Sommer unser Haupttreffpunkt. Schon immer, denn Joey wohnt genau um die Ecke. An den Tischen vor der Eisdiele ist jedoch noch keine Spur von den Mädels zu sehen, also betrete ich den Laden. Giorgio grüßt mich winkend. »Ciao, Bella! Schöne Urlaub gehabt?«

Ich nicke und sehe mich um, aber auch hier sind die beiden nicht.

»Ich warte noch kurz«, sage ich und setze mich draußen an einen Tisch in der Sonne.

Wie viel Zeit wir hier schon verbracht haben! An fast jeder meiner Geburtstagsfeiern haben wir mit der Kindermeute bei Giorgio haltgemacht. Meral und ich haben hier unsere Einschulung mit unseren Familien gefeiert. Und als wir das erste Mal nach der Schule mit Joey verabredet waren, sind wir auch ins *Venezia* gegangen. Selbst im Winter sind wir hier, denn Eis geht immer.

Ein paar Minuten später kommt Meral mit dem Fahrrad angerast. Ihre schwarzen Haare flattern im Wind, und sie strahlt, als sie mich sieht.

»Hi!« Sie springt vom Rad, stellt es an der nächststehenden Laterne ab und umarmt mich stürmisch. Dann betrachtet sie mich von oben bis unten.

»Was ist?«, frage ich irritiert.

Meine Freundin lächelt mich an. »Nichts.« Ich merke aber, dass sie schwindelt.

Suchend schaut sie sich um. »Bist du die Erste?«

»Mhm«, mache ich. »Joey ist wohl mal wieder zu spät.«

»Ach, aber da kommt Luis!«, ruft sie und rennt die Straße hinab. Nun sehe ich ihren Boyfriend auch, und während sie ihm in die Arme sinkt, sinkt meine Laune in den Keller. So viel zur Mädelszeit. Dass sie die Jungs schon wieder im Schlepptau haben, hatte ich nicht einkalkuliert.

Es fällt mir sehr schwer, Luis halbwegs freundlich zu begrüßen. Was nicht an ihm liegt, sondern nur an meiner Enttäuschung. Aber zum Glück fällt das nicht weiter auf, denn Meral hängt an seinen Lippen, während er von seinem morgendlichen Schwimmtraining berichtet. Ich scharre mit der Fußspitze auf dem Boden. Nachdem ich zehn Minuten lang versucht habe, nicht zuzuhören, aber trotzdem halbwegs interessiert auszusehen, frage ich: »Wo bleibt denn Joey?«

Meral sieht auf die Uhr. »Komisch, sie wollten eigentlich schon längst hier sein.«

Sie? Dann heißt das wohl, dass Spaßvogel Moritz auch mit von der Partie ist. Von dem habe ich mich ja gestern im Schwimmbad nicht mal verabschiedet und fürchte nun, dass heute ein Spruch zum Thema »blanker Hintern in freier Wildbahn« kommt.

»Wie heißt der Freund von Moritz?«, fragt Luis, und ich sehe gerade noch, dass Meral ihm einen Ellenbogen in die Rippen rammt.

Wie versteinert sehe ich meine Freundin an. »Was für ein … Freund?«

»Ach, den kennst du sicherlich aus der Schule, der ist

auch in Moritz' Klasse – Jonas. Er ist wirklich total nett, sagt Joe.« Meral entfährt ein schrilles Lachen.

»Und warum kommt dieser Jonas mit zum Eisessen?« Meine Kiefer pressen sich aufeinander, denn mir schwant Schreckliches.

»Ach, da sind sie ja!«, ruft Meral da überschwänglich und winkt wie eine Verrückte. Sie ist sichtlich erleichtert, dass sie meine Frage nicht beantworten muss. Und eigentlich kann ich mir die Antwort ja selber denken: Meine Freundinnen wollen mich verkuppeln.

Ich möchte weglaufen – jetzt sofort. Doch schon hat Joey sich mir um den Hals geworfen und drückt mir die Luft ab. »Lynni, Lynni, schön, dass du da bist, und sorry, dass wir so spät sind«, plappert sie und erklärt lang und breit, wieso, weshalb, warum alles länger gedauert hat als geplant. »So, und nun schau mal, da ist Moritz, den kennst du ja«, schnattert sie weiter.

Ja, und er meine blanke Arschbacke, denke ich und grinse verlegen. Moritz hebt zwei Finger seiner rechten Hand zur Begrüßung.

»Und das ist Jonas!« Ein stolzes Lächeln zieht über Joeys Gesicht. Sie kündigt ihn an, als wäre er der Hauptgewinn bei einer Fernsehsendung.

Jonas zwinkert mir zu. Obwohl er vermutlich sogar ganz gut aussieht, ist er mir auf den ersten Blick unsympathisch. Er ist so ein Schönling mit zurückgegelten Haaren. Ist er kleiner als ich? Keine Ahnung. Aber selbst wenn ich verkuppelt werden *wollte*, würde Jonas sofort bei mir durchs Raster fallen. Nicht mein Typ. Wobei ich gar nicht sagen kann, was genau mein Typ ist. Aber Jonas eben nicht. Keinesfalls.

»Hi«, sagt er lang gezogen. Örks, irgendwie ist mir seine Gegenwart unangenehm.

Zum Glück schiebt Joey uns nun alle in die Eisdiele, und ich halte mich so gut es geht von Jonas fern. Doch schon als ich meine Eistüte mit Stracciatella, Melone und Mango in der Hand halte und damit nach draußen steuere, steht er wieder neben mir. Klar, dass er sich auch neben mich auf die Bank setzt. Ganz dicht. Wenn ich könnte, würde ich rutschen, aber neben mir ist die Bank zu Ende.

Ergeben schlecke ich mein Eis und lausche, was Jonas zu berichten hat: »Ich find's klasse, dass wir heute verabredet sind.«

Na ja, denke ich, genau genommen sind wir gar nicht verabredet. Ich wusste nämlich von dieser Sache hier gar nichts. Ich sage aber nichts, und Jonas fährt unbeirrt fort: »In der Schule habe ich dich schon ganz oft gesehen. Moritz und ich gehen ja in eine Klasse, weißt du. Mittwochs hatten wir in der dritten Stunde neben euch Erdkunde. Und freitags hatten wir nach euch Musik, da sind wir uns vor dem Musikraum immer über den Weg gelaufen, weißt du noch?«

Ich weiß von gar nichts und zucke nur schwach mit den Schultern. Er weiß ja ganz schön viel über mich.

Merals Blick streift mich. Ihre Augen strahlen, doch ich funkle sie an. Wie können die beiden es nur wagen? Erst bin ich plötzlich aus heiterem Himmel das fünfte Rad am Wagen, und nun wollen sie mir diesen Schönling andre-

hen. Und überhaupt – darf ich jetzt nur noch dazugehören, wenn ich auch einen Freund habe? Bin ich allein nicht
mehr gut genug?

Jonas redet und redet, ich reagiere aber gar nicht darauf,
futtere nur mein Eis und überlege, wie ich aus dieser Situation so schnell wie möglich wieder herauskomme.

»Wir könnten doch morgen zusammen ins Kino gehen.
Ich lade dich ein. Soll ich um sieben bei dir sein? Oder
wollen wir vorher noch was essen?« Jonas zwinkert mir zu.

Was ist hier los, bitte schön? Er tut ja so, als wären wir
schon zusammen – als ob das jemals passieren würde, pah!

»Du, ich hab morgen schon was vor«, lüge ich. Enttäuschung zieht über sein Gesicht, was mir prompt ein bisschen leidtut. Aber ich möchte mit Jonas keine Zeit verbringen. Und ich möchte mir auch gar nicht von meinen
Freundinnen aufdrücken lassen, mit wem ich meine Zeit
verbringe.

»Na, Leute!« Moritz hat sich vor uns aufgebaut. Der hat
mir gerade noch gefehlt! »Alles fit im Schritt?«

Ich laufe knallrot an. Ist das etwa eine Anspielung auf
meine Schwimmbad-Peinlichkeit?

»Alles klar im BH«, antwortet Jonas, und die beiden
schütten sich aus vor Lachen. Scheint also ein Spiel zwischen den beiden zu sein. Sehr witzig. Obwohl ich erleichtert bin, dass dieser saublöde Spruch offenbar nicht mir
galt, will ich hier einfach nur weg.

Moritz zwinkert uns mehrfach zu. Er nimmt wohl an,
dass Jonas mich rumgekriegt hat. »Okese, dann will ich
das junge Glück mal nicht weiter stören«, sagt er und geht

wieder zu Joey. Jonas lacht und klingt dabei wie ein kleines Schweinchen. Ich weiß nicht, was Joe und Meral tun müssen, um das hier wiedergutzumachen.

Am Himmel sehe ich plötzlich schwarze Wolken. Sollte wenigstens der Wettergott mir wohlgesonnen sein? Eigentlich sollte es ja gar nicht regnen, obwohl Ben es sich so sehr gewünscht hatte. Ich kann mir aber nichts Schöneres vorstellen, als in diesem Moment mit ihm Regenwürmer aus der Erde zu ziehen.

Jonas schaut gerade in seinem Handykalender nach, wann er mir das nächste Date aufquatschen kann, als Joey schreit: »Leute, ich habe einen Tropfen abbekommen!« Sofort schauen alle alarmiert auf. Mein Herz beginnt zu tanzen.

»Wenn der Laubfrosch schreit, ist der Regen nicht weit«, philosophiert Moritz bereits, und mein Entschluss steht: Egal, ob es bei diesem einen Regentropfen bleibt oder es gleich Sturzbäche regnet, ich haue ab!

»Dann muss ich los. Ich habe Ben versprochen, mit ihm Regenwürmer zu sammeln. Für irgendein Experiment. Ciao!« Ich springe auf, verabschiede mich gar nicht richtig, sondern winke nur in die Runde. Merals und Joeys irritierte Blicke ignoriere ich, auch dass Jonas gerade den Mund öffnet, um etwas zu sagen, interessiert mich nicht. Ich ergreife die Flucht und bin von meinen Freundinnen maßlos enttäuscht.

Kurz darauf beginnt es tatsächlich zu regnen. Und so steht Ben schon in kompletter Regenmontur im Vorgarten, als ich zu Hause ankomme.

»Haaaallo, Lynn!«, ruft er begeistert.

Ich streiche mir die nassen Haare aus dem Gesicht. »Hey, Kleiner. Da bin ich, um dir mit den Ekelwürmern zu helfen.« Begeistert drückt sich Benny an mich, und jetzt freue ich mich noch viel mehr, dass ich aus der Eisdiele abgehauen bin.

Mom hat mich durch das Küchenfenster gesehen und öffnet die Haustür. »Liebes, du bist ja ganz nass, willst du nicht erst mal reinkommen?«

»Nee, wir sammeln jetzt die Würmer«, sage ich bestimmt und hocke mich zu Ben, der angefangen hat, mit seinen Fingern in der Erde zu wühlen. »Lass mich mal!«

Aus den Augenwinkeln sehe ich Mom lächeln, dann verschwindet sie wieder im Haus.

Der Regen ist warm und angenehm auf der Haut. Innerhalb kürzester Zeit bin ich komplett durchgeweicht, genieße dieses Gefühl aber. Schnell haben Ben und ich einige Regenwürmer gefunden, die wir vorsichtig in seinen kleinen Buddeleimer legen.

»Diesen komischen Schaukasten muss aber Papa heute Abend mit dir basteln, ja?«, frage ich irgendwann, und Ben nickt. Dann drückt er mich, dreckverschmiert, wie er ist, noch einmal fest an sich. »Du bist die Beste!«

Klar, dass das weiße Kleid, das ich anhabe, nicht nur tropfnass, sondern nun auch voller Erde ist. Zum Glück lässt der Regen gerade nach. Außerdem reicht es jetzt wirklich mit den Würmern. Ich sehne mich nach einer Dusche und frischen Klamotten.

»Hallo«, höre ich da hinter mir.

Überrascht drehe ich mich um. Vor Ben und mir steht unser neuer Nachbar, ebenfalls pitschnass, seinen genauso durchweichten Hund an der Leine. Die beiden sind wohl beim Gassigehen vom Regen überrascht worden.

»Ich wollte mich mal vorstellen, wir wohnen ja jetzt Tür an Tür«, fährt er fort. Fenster an Fenster trifft es wohl besser, denke ich bitter.

»Wir kennen uns doch schon«, sagt Ben lachend und beugt sich zu dem Hund runter.

»Stimmt, aber deine Schwester habe ich noch nicht kennengelernt.« Nun wendet er sich mir zu. »Ich bin Milo.« Er kratzt sich am Kopf. Dann deutet er auf seinen Hund. »Und das ist Django.«

Ich nicke schwach. Denn es nervt mich, dass er in mein Zimmer glotzen kann und dass er mich das erste Mal mit Erdbeermaske im Gesicht gesehen hat. »Hi, ich bin Lynn.« Um seinem Blick zu entkommen, hocke ich mich neben Benny und tätschele Djangos nassen Kopf. Prompt fährt er mir mit seiner Zunge durchs Gesicht. Ich muss lachen und klopfe ihm auf die Seite. Darüber scheint er sich sehr zu freuen, denn er lehnt sich mit seinem gesamten Gewicht gegen mich, sodass ich umfalle. Milo grinst breit und hält mir seine Hand hin.

»Geht schon«, wehre ich ab und rappele mich wieder hoch. Ich klopfe mein Kleid ab und sehe, dass ich von oben bis unten verdreckt bin. Nicht unbedingt nur wegen

Django – vor allem wegen dem Regen und den Würmern. Ich muss unmöglich aussehen.

Als ich wieder den Kopf hebe, rinnt ein Regentropfen meine Stirn und Nase hinunter und bleibt schließlich an meiner Nasenspitze hängen. Verdammt peinlich – schon wieder.

»Ben, wir sollten rein!«, ermahne ich meinen Bruder daher und schiebe ihn zur Eingangstür. »Wir haben wirklich genügend Würmer gesammelt.«

Ich hebe meine Hand zum Gruß und lasse Milo einfach stehen.

6. Kapitel

»Du mochtest ihn nicht, oder?«, fragt Joey und sieht mich mit ihrem treuesten Dackelblick an. Sie trägt ein viel zu weites T-Shirt, das ganz bestimmt Moritz gehört und überhaupt nicht zu ihr passt – ich könnte schreien, echt! Müssen sich Freundinnen so sehr verändern, nur weil sie plötzlich *verliebt* sind?!

Seit gestern Nachmittag haben Meral und Joey mehrfach versucht, mich zu erreichen. Mein Handy ist richtig heiß gelaufen. Es kamen Nachrichten wie: *Warum warst du denn so schnell weg?*, *Alles okay?*, *Der Jonas ist doch süß, oder?*.

Ich habe jede einzelne Nachricht knallhart ignoriert und die beiden schmoren lassen. Genauso wie ich auch die Facebook-Freundschaftsanfrage von Jonas ignoriert habe, die er mir zusammen mit einer viel zu langen Nachricht geschickt hat, wie toll unser Treffen doch war und dass er am Wochenende mit mir zum Badesee fahren möchte. Hallo? Ich glaube, der merkt gar nichts mehr. Warum sollte ich mit ihm da hinfahren wollen? Ich habe nichts davon beantwortet und ihn blockiert.

Meine Freundinnen habe ich bis heute früh zappeln

lassen. Dann standen sie einfach vor meiner Tür, und da musste ich sie dann ja wohl reinlassen. Und hier sind wir nun, und ich bin immer noch ziemlich sauer.

»Nein! Ich mochte ihn nicht. Um ehrlich zu sein, fand ich ihn richtig blöd. Er hat die ganze Zeit geredet, ohne auf meine Antworten zu warten. Dann kam er mir viel zu nah, und außerdem hatte er Mundgeruch.« Letzteres stimmt nicht, aber ein bisschen Drama hat ja noch nie geschadet.

Meral und Joey sehen sich an und verziehen die Gesichter.

»Ihhh«, macht Meral, und wir drei müssen lachen. Wirklich lange kann ich den beiden einfach nicht böse sein.

Joey hakt sich bei mir unter. »Ich dachte echt, er ist nett. Moritz hat so von ihm geschwärmt – darauf habe ich mich verlassen. Außerdem hat er gesagt, dass Jonas dich toll findet.«

Unangenehm berührt schaue ich zu Boden. Ja, es war offensichtlich, dass er mich toll findet. Das ist natürlich schmeichelhaft. Ich weiß auch gar nicht, ob mich überhaupt schon jemals ein Junge toll fand. Zumindest gab es niemanden, der das so offengelegt hat. Aber warum denn ausgerechnet Jonas?

»Sollen wir in dein Zimmer oder auf die Terrasse?«, fragt Meral. Wir stehen noch immer im Eingangsbereich. Von draußen höre ich Hundegebell, also sage ich kurz entschlossen: »Wir gehen hoch!«

Kaum sind wir in meinem Zimmer, zieht Joey die Vorhänge zur Seite. »Mann, ist das dunkel hier.«

»Nicht!«, rufe ich alarmiert.

Joey erstarrt und sieht sich um. »Warum?«

Auch Meral guckt mich verständnislos an. Wieder mal ein Zeichen dafür, wie sehr sich unsere Freundschaft verändert hat, seit Joey und Meral vergeben sind. Früher hätte ich den beiden schon längst von dem Neuer-Nachbar-Problem erzählt. Heute bleibt dafür keine Zeit mehr – und das tagelang!

Ich unterdrücke ein Seufzen, gehe zum Vorhang und ziehe ihn wieder zu. »Nebenan ist eine neue Familie eingezogen, und der Sohn kann mir direkt ins Zimmer schauen.«

»Ach«, macht Joey. Mit spitzen Fingern schiebt sie den Vorhang wieder ein Stück beiseite und lugt hinaus.

Meral sitzt mittlerweile auf meinem Bett und sieht mich mitleidig an. »Das klingt schlimm. Aber die Leute, die da vorher gewohnt haben, konnten doch auch reingucken, oder nicht?«

Ich lasse mich neben sie fallen. »Theoretisch schon, aber die haben das Zimmer da oben bloß als Abstellkammer benutzt. Das Haus war viel zu groß für die, sie waren ja nur zu zweit.«

Meral streichelt über meinen Unterarm.

Um das Thema zu wechseln, frage ich, obwohl es mich null interessiert: »Wie war's denn gestern noch?«

Meral lacht. »Na ja, Jonas war ganz perplex und ist dann auch recht schnell gegangen. Und wir vier saßen noch eine Weile im Regen. Das war schön und gemütlich.« Sie blinzelt ein paarmal hintereinander, und ich frage mich plötzlich, ob nur ich ein Problem mit der neuen Situation habe oder meine Freundinnen vielleicht auch. Haben sie etwa

Mitleid mit mir? Weil ich diejenige bin, die keinen abbekommen hat?

Joey, die noch immer durch den Spalt zwischen den Vorhängen schaut, fügt hinzu: »Moritz und ich sind danach zu ihm nach Hause gegangen.« Nun wendet sie uns den Kopf zu und grinst uns an. Dann zupft sie an Moritz' Shirt rum. »Wir haben … na ja … ihr wisst schon.«

Ich bin in einer Schockstarre, und völlig unfreiwillig setzt sich mein Kopfkino in Bewegung. Was kommt jetzt? Ich kann das hier alles bald nicht mehr verkraften.

»Ihr habt WAS?« Immerhin scheint Meral ebenso schockiert zu sein wie ich. Das beruhigt mich, denn auch wenn klar ist, dass ich den beiden nun in vielem meilenweit hinterherhinke, hoffe ich zumindest, dass es bei Joey und Moritz noch nicht DAZU gekommen ist.

Joey rollt mit den Augen. »Nein! Nicht DAS! Aber wir … na ja, wir haben schon ein wenig mehr gemacht, als nur zu knutschen. Ihr nicht, Meral?«

Meine beste Freundin läuft rot an. »Äh, nein. Wir halten nur Händchen und küssen uns manchmal. Das reicht mir auch gerade total. Also, erzähl schon!«

Endlich verlässt Joe ihren Beobachtungsposten und setzt sich uns gegenüber verkehrt herum auf meinen Schreibtischstuhl. Sie kräuselt ihren Mund und genießt sichtlich unsere Aufmerksamkeit. »Hm«, macht sie irgendwann und legt den Kopf schief. »Moritz weiß jetzt auf alle Fälle, welche Farbe mein BH hat.«

»Nein!«, ruft Meral und kichert laut. »Und was noch?«

Joey überlegt. »Na ja, wir küssen mit Zunge …«

»Wir auch!« Meral kriegt sich gar nicht mehr ein mit ihrem Kichern. »Ich fand's erst ein bisschen eklig, aber jetzt mag ich's gerne.« Mir stellen sich die Nackenhaare auf.

»Ach, komm, ich fand's von Anfang an toll. Vielleicht küsst Moritz ja besser als Luis?« Joey zieht eine Augenbraue hoch und sieht Meral herausfordernd an. Als die nur mit den Schultern zuckt, redet sie weiter. »Wie auch immer. Seit gestern sind wir einen Schritt weiter. Es hat schon in der Eisdiele angefangen, dass er mir plötzlich den Rücken unter meiner Bluse gestreichelt hat. Da hab ich eine Gänsehaut bekommen, sage ich euch! Na, und bis wir dann bei ihm zu Hause waren, waren wir vom Regen total durchnässt. Was blieb mir denn anderes übrig, als mich umzuziehen, oder?« Schelmisch grinst sie uns an. »Tja, Moritz hat mir eins seiner Shirts rausgesucht«, sie drückt den Rücken durch, damit wir es noch mal begutachten können, »aber das habe ich gar nicht direkt angezogen.« Sie wird ein wenig rot.

»Ja, und dann? Wie weit seid ihr denn gegangen? Hast du auch den BH …?« Merals Neugier ist unbändig. Sie sitzt mittlerweile auf dem äußersten Rand des Bettes und beugt sich vor.

»Nein! Wir haben eine Weile auf dem Bett gelegen und uns geküsst, und Moritz hat mir den Bauch und den Rücken gestreichelt.«

Meral rutscht immer weiter nach vorn. »Und war er auch nackt?«

Joey schüttelt den Kopf. »Aber ich habe ihn unter dem T-Shirt gestreichelt. Das war alles total … elektrisierend!«

Ich komme mir vor wie ein fünfjähriges Mädchen, das heimlich dem Gespräch von Erwachsenen lauscht. Ich drücke mich weiter in die Wand hinter mir, ziehe meine Knie immer fester an meinen Körper und wünschte, ich könnte mich einfach unsichtbar machen.

»Irgendwie habe ich Angst davor«, sagt Meral. »Ich fühle mich gar nicht so weit, mich vor Luis nackig zu machen.«

Joe winkt ab. »Das musst du ja auch nicht. Jeder hat da sein eigenes Tempo, und wenn das für Luis okay ist, bleibt ihr eben noch eine Weile beim Küssen.«

»Zumindest hat er noch nicht mehr versucht.« Nachdenklich kratzt sich Meral am Kinn. »Vielleicht findet er mich aber auch gar nicht attraktiv genug?«

»Das glaube ich nicht, sonst wär er ja nicht mit dir zusammen. Außerdem sieht er dich immer ganz verliebt an, ich beobachte das genau.« Joe zwinkert ihr zu.

Allmählich wird mir das alles zu viel. Können die beiden über nichts anderes reden als über ihre Boyfriends und das ekelhafte Rumgeknutsche? Sie wissen doch, dass ich zu diesem Thema nichts zu sagen habe! Ich räuspere mich, und Meral begreift sofort. Sie dreht sich zu mir um und sieht mich mitfühlend an. »Ach, Lynn, für dich müssen wir auch noch einen finden.«

Das möchte ich aber auf gar keinen Fall! Ich will nicht, dass meine Freundinnen mir einen Jungen aussuchen – das ist ja gestern schon tüchtig in die Hose gegangen.

»Das stimmt, dann gehörst du auch bald dazu!« Joeys Augen funkeln voller Begeisterung, mir hingegen zieht sich der Magen zusammen.

»So ein Quatsch, Lynn gehört auch so dazu«, ergreift Meral sofort Partei für mich.

Beschwichtigend hebt Joe die Hände. »Ja, klar, so meinte ich das auch nicht. Wir drei gehören immer zusammen, egal, was ist. Aber ich meine … na ja …«

»Dann gehöre ich auch zum Knutschclub, meinst du wohl?«, helfe ich ihr auf die Sprünge. Und während Meral ein trauriges »Oh« von sich gibt, zuckt Joe einfach mit den Schultern. »Ganz genau! Und ich hab auch schon eine Idee!«

»Nee du, lass mal! Von deinen Ideen habe ich genug.« Energisch schüttele ich den Kopf.

»Diesmal passt's wirklich! Jonas kannte ich selber kaum, das zählt nicht. Das war die Idee von Moritz. Weißt du noch, der Junge, der drei Häuser neben uns wohnt? Finn? Der ist doch süß!«

Joey steigert sich wieder total in die Geschichte hinein, und während sie schon ein »zufälliges« Zusammentreffen plant, kommt mir plötzlich eine Idee. Es ist erst nur ein Gedankenblitz, der genauso schnell wieder hätte verschwinden können. Aber er bleibt und setzt sich in meinem Kopf fest, weil er alle Probleme auf einmal lösen könnte. Ich würde wieder so richtig dazugehören, und niemand würde mehr versuchen, mich zu verkuppeln. Ohne allzu lange darüber nachzudenken, sage ich: »Ich möchte Finn nicht treffen. Ich habe jemanden kennengelernt!«

Schlagartige Stille. Meine Freundinnen starren mich an, und diesmal sind sie es, denen die Münder offen stehen. Keine Ahnung, wie ich aus dieser Nummer wieder rauskommen soll. Es gibt ja auch gar kein Rauskommen mehr. Ich muss einfach lügen, dass sich die Balken biegen. Und so erfinde ich meinen ersten Freund. Völlig ungeplant und frei improvisiert.

»Ich hab's euch noch nicht erzählt, weil das alles so in der Schwebe war.« Jetzt zahle ich es ihnen erst mal heim: »Und … na ja, weil ihr die ganze Zeit nur noch von Moritz und Luis geredet habt.« Vorwurfsvoll hebe ich die Augenbrauen. Und es stimmt ja auch. Über unseren Urlaub haben wir noch kein Wort geredet.

Joey findet als Erste ihre Stimme wieder, ignoriert meinen Vorwurf aber eiskalt. »Wie? Wann denn und wo? Du musst uns alles erzählen. ALLES!«

Ich genieße die Aufmerksamkeit, die mir in den letzten Tagen so sehr gefehlt hat. Zum Glück habe ich im Urlaub ein unglaublich tolles Buch über ein Mädchen und ihren ersten Freund gelesen und kopiere nun einfach die Geschichte.

»Also, an der Nordsee haben wir ja in diesem Ferienhaus gewohnt. Das gehörte zu einer Anlage, und ein paar Häuser weiter wohnte dieser unheimlich süße Junge, Valentin.« So hieß der Typ aus dem Buch nämlich auch. »Wir haben uns die ersten Tage immer nur von Weitem gesehen, aber dann waren wir einen Abend zufällig zur gleichen Zeit in der Jugenddisco. Die gab's zweimal in der Woche. Meine Eltern und Ben sind im Haus geblieben, ich war im Hauptgebäude in der Disco, und da habe ich ihn eben getroffen. Wir haben uns sofort gut verstanden und viel miteinander gequatscht. Aber leider …«, ich mache ein todtrauriges Gesicht, »ist er zwei Tage später mit seiner Familie abgereist.«

»Oh«, macht Meral, und »Ach nein«, sagt Joey.

»Ja«, fahre ich fort und muss innerlich grinsen. »Ich war echt fertig. Und er natürlich auch.«

»Wo wohnt er denn?«, fragt Meral hoffnungsvoll.

»In Hamburg«, antworte ich wie aus der Pistole geschossen und bin sehr zufrieden mit mir. *Valentin* darf nicht zu dicht an uns dran wohnen, damit meine Geschichte nicht auffliegt. Und Hamburg fiel mir wegen der Nowacks ein, die da ja herkommen.

»Mist, das ist ganz schön weit«, sagt Joe. »Aber erzähl doch erst mal, was zwischen euch noch passiert ist.«

»Na ja, also, an dem Abend in der Disco haben wir ganz lange geredet. Dann mussten wir irgendwann zurück zu unseren Familien. Vor unserem Haus hat Tino«, ich bin stolz, dass ich so locker-leicht einen Spitznamen erfinde, »mir einen Kuss auf die Wange gegeben.«

Mit den Fingerspitzen berühre ich die Stelle, auf die Valentin mich angeblich zum ersten Mal geküsst hat. Fast bekomme ich eine Gänsehaut, so überzeugt bin ich von mir selbst.

Die Augen meiner Freundinnen sind rund und groß. Also flunkere ich weiter: »Am nächsten Tag haben wir uns am Strand getroffen und uns für den Abend verabredet. Es war ja sein letzter Abend. Da haben wir uns dann in den Sand gesetzt und haben zusammen den Sonnenuntergang beobachtet.« Eine theatralische Pause, ein verträumter Blick – gut gemacht, Lynn!

»Und, und, und?« Joe hängt über der Stuhllehne, dass ich Angst bekomme, dass sie gleich mitsamt dem Stuhl umkippt.

»Tja, dann haben wir uns umarmt und ein wenig gekuschelt. Und ganz viel geredet.«

Verdammt, hoffentlich fragen sie mich nicht zu viel über ihn, Hobbys oder so. Das habe ich jetzt auf die Schnelle nicht parat. Doch zunächst sind die beiden an ganz anderen Dingen interessiert.

Meral lehnt sich zu mir hinüber und fragt leise, aber total gespannt: »Habt ihr euch auch richtig geküsst? Auf den Mund, meine ich?«

Ich nicke langsam. Joe klatscht in die Hände vor Begeisterung. »Erzähl!!« Sie ist ganz außer sich.

Um sie nicht zu enttäuschen, berichte ich, wie es weiterging. »Als die Sonne unterging und der Himmel sich langsam rot gefärbt hat, hat er mir den Arm um die Schultern gelegt …«

Joey springt auf, quetscht sich zwischen Meral und mich aufs Bett und legt mir den Arm um die Schultern. »So?«

Ich muss lachen. »Ja, ungefähr so.«

»Dann ging also die Sonne langsam unter, und dann?« Joeys Augen funkeln vor Aufregung.

»… hat er mir ins Ohr geflüstert …«

Joe beugt sich zu meinem Ohr und wartet, was sie jetzt gleich flüstern soll.

»Du bist echt 'ne Nudel«, sage ich.

Joe erstarrt und sieht mich ungläubig an. »DAS hat er gesagt?«

Ich boxe sie in die Seite. »Nein! Er hat gesagt, wie romantisch der Abend doch ist, und dann haben wir uns eben auf den Mund geküsst«, beende ich den Bericht eilig.

Joey lässt sich schlaff zurück an die Wand fallen. »Wahnsinn!«

»Das klingt sooo schön«, schwärmt Meral. »Ich bin ganz neidisch. Luis' und mein erster Kuss war nicht so romantisch.« Sie seufzt.

»Unserer schon, aber das ist jetzt egal«, wirft Joey ein.

Ich muss schmunzeln. Dass sie uns die Geschichte nicht noch mal lang und breit erzählt, ist ungewöhnlich. Hat aber einen Grund, denn Joey hat die Neugier gepackt. Sie will wissen, wie es weiterging: »Und dann ist Valentin einfach abgereist?«

Traurig nicke ich und atme tief durch. »Na, das musste er ja. Am nächsten Morgen ist er mit seiner Familie gefahren. Da haben wir uns nur noch kurz gesehen und uns verabschiedet, Nummern ausgetauscht und so.«

Meral streichelt meinen Unterarm, Joey hat keine Zeit für Mitgefühl: »Ja, und wieso hast du uns das nicht gleich erzählt?«

Ich räuspere mich. Das ist eine gute Frage. Mir will keine überzeugende Ausrede einfallen, außer: »Ich wusste eben nicht, wie es mit uns weitergeht. Valentin hat sich erst mal eine Weile nicht gemeldet, und ich war ganz schön traurig.«

»Das habe ich gleich gemerkt. Du warst wirklich schlecht drauf in den letzten Tagen. Das ist dir doch auch aufgefallen, Joe, oder?« Meral und Joe nicken sich eifrig zu.

Na toll. Dass meine schlechte Laune mit ihnen und ihren Freunden zu tun hat, kommt den beiden natürlich nicht in den Sinn. »Wie auch immer. Gestern kam eine Mail von ihm, in der er sich entschuldigt hat. War viel los bei ihm. Aber er denkt jeden Tag an mich und vermisst mich.«

»Oh, wie süß!«, flötet Meral. Ich glaube, sie ist total erleichtert, dass ich diese Geschichte ausgepackt habe und nun nicht mehr das arme Mauerblümchen bin, das noch keinen abbekommen hat.

»Seid ihr jetzt zusammen, oder was?«, fragt die pragmatische Joey.

Doch ich kann nur mit den Schultern zucken. »So genau haben wir das nicht festgelegt.« Hm, wie soll es nun weitergehen mit Valentin und mir? Ich sehe, dass meine Freundinnen mit meiner Antwort nicht zufrieden sind. »Aber irgendwie schon, denke ich.«

Meral jubelt. »Hurra, das ist so toll! Herzlichen Glückwunsch zu deinem ersten Freund!«

Auch Joey drückt mich und will wissen: »Und wie geht es weiter? Na, trefft ihr euch denn? Oder telefoniert ihr?«

Überschwänglich nicke ich. »Klar, vielleicht sehen wir uns in den nächsten Ferien. Aber wir telefonieren … ähm … heute, ja, heute Abend.«

»Sehr gut. Und hast du ein Foto von ihm?« Joey schaut mich erwartungsvoll an.

»Ähm, nein, das haben wir ganz vergessen.« Hitze steigt mir ins Gesicht. Meine Geschichte darf nicht auffliegen, verdammt! »Ich hatte ja gar kein Handy mit, wisst ihr doch.«

»Ist er denn nicht auf Facebook oder Instagram?« Joe zieht die Augenbrauen zusammen.

»Nee, ich glaube nicht. Aber ich bitte ihn nachher einfach, mir ein Foto zu mailen, ja?«

Damit geben sich meine Freundinnen vorerst zufrieden.

Bis die beiden dann eine Stunde später gehen, weil die Boyfriends rufen, wird mir klar, dass meine Lügengeschichte ganz schön viele Löcher hat, die ich versuchen sollte zu stopfen. Aber nichtsdestotrotz: Ich habe jetzt einen *Freund* und bin nicht mehr die Außenseiterin! Das ist doch ein riesiger Fortschritt. Und die Löcher werde ich schon stopfen.

7. Kapitel

Der Laptop ist beinah heiß gelaufen. Seit Stunden suche ich schon im Internet nach einer Identität für meinen *Freund*. Erst hatte ich überlegt, für Valentin einen Facebook-Account zu basteln oder irgendeine andere Online-Existenz. Es ist ja schon sehr ungewöhnlich, dass ein Jugendlicher nicht im Internet auftaucht. Aber das wäre zu aufwendig gewesen. Und erlaubt ist so was bestimmt auch nicht. Also bekommt Valentin von mir eine Abneigung gegen das Internet, WhatsApp und Co. verpasst – eine NSA-Phobie eben.

Trotzdem hatte ich ja gestern Abend offiziell ein Telefon-Date mit ihm und habe ihn um ein Foto gebeten. Daher führt kein Weg dran vorbei: Ich brauche ein Gesicht zum Freund. Und das bereitet mir Kopfzerbrechen. Woher soll ich das Foto nehmen? Er muss schon recht normal aussehen, also nicht so, als wäre er gerade irgendeiner Boyband oder einem Modemagazin entsprungen. Daher fallen die meisten Fotos, die ich finde, sofort raus. Ich brauche irgendwas, was authentisch aussieht. Nach einer Privatperson eben.

Nach langer Suche stoße ich auf eine amerikanische In-

ternetseite namens *New Talents*, die eine riesige Daten-
bank von Nachwuchsmodels ist. Jeder kann dort seine Fotos einstellen und hoffen, dass er oder sie entdeckt wird.
Die meisten Fotos sind total schrecklich und gestellt, aber
der ein oder andere Junge hat auch ganz normale Fotos
aus seinem Alltag hochgeladen. Da könnte doch vielleicht
was dabei sein!

Ich klicke mich durch all meine geöffneten Tabs. Justin
aus Oklahoma ist viel zu attraktiv. Weg. Von Randall gibt
es ein Oben-ohne-Foto, das mich rot werden lässt. Weg.
Hunter aus Minnesota hat nur ein einziges Foto von sich
hochgeladen, das ist zu wenig. Auch weg, obwohl er wirklich süß ist. Und so geht das immer weiter, bis ich schließlich auf den Account von Taylor aus Texas stoße. Zuletzt
aktualisiert vor drei Jahren, damit ist Taylor mittlerweile
schon achtzehn, aber auf den Fotos ist er noch fünfzehn
und sieht wirklich gut aus, nur eben auch nicht zu gut.
Dichtes schwarzes Haar, dunkle Augen und ein unver-
wechselbares kleines Muttermal am Kinn.

Taylor hat gleich sechs Fotos hochgeladen, glücklicherweise kein einziges, das bei einem Fotoshooting entstan-
den ist. Die meisten Fotos sind aus Urlauben oder von zu
Hause. Taylor in Tauchweste, Taylor mit einem exotischen
Tier auf dem Arm. Was ist das? Ein Chamäleon? Egal. Taylor im Profil und mit Gitarre in der Hand. Zwei Fotos zeigen ihn bei den Dreharbeiten zu einem Film oder so. Das
sieht natürlich zu professionell aus, die speichere ich mir
nicht ab, aber die anderen reichen mir vollkommen. Gut.

Aus Taylor wird Valentin. Nun denke ich mir noch ein

paar Sachen aus, zum Beispiel, dass Valentin in einer Schülerband spielt und gerne mit dem Mountainbike durch die Gegend rast. Dann schaue ich mir Fotos aus Hamburg an und drucke zwei der Bilder von Taylor aus. Mit denen lege ich mich auf mein Bett und male mir aus, wie es wirklich gewesen wäre, wenn ich Taylor-Valentin im Urlaub kennengelernt hätte. Ich sehe bildlich vor Augen, wie wir uns in der Disco das erste Mal geküsst haben. Nein, halt! Der erste Kuss war natürlich am Strand beim Sonnenuntergang. Ich darf da nicht durcheinanderkommen und sollte mir das nachher noch mal notieren.

Irgendwann reißt mich das Klingeln meines Handys aus den Tagträumen. Meine Mutter.

»Ja?«, frage ich matt.

»Lynn-Schätzchen, kannst du mir einen Gefallen tun?«, kommt die Stimme meiner Mutter durch den Hörer. »Du weißt doch, dass Regina umzieht.«

»Mhm«, mache ich. Regina ist die beste Freundin meiner Mutter, die zwei erwachsene Kinder hat, die in München und Stuttgart studieren. Und nun zieht auch Regina nach Bayern, weil sie dort irgendeinen Job angeboten bekommen hat. Außerdem ist ihr das Haus hier zu groß, und sie möchte dichter bei ihren Kindern wohnen. Mom ist deswegen total traurig. Verstehe ich natürlich auch. Wenn ich mir vorstelle, dass Meral umziehen würde! Das wäre der Weltuntergang.

»Der Umzugswagen fährt jetzt gleich los, und Regina hat noch irgendein Spielzeug gefunden, das früher Chris gehört hat. Das möchte sie gerne Benny schenken. Könn-

test du das schnell abholen?«, fleht Mom. »Ich komme aus
der Praxis einfach nicht weg. Hier tobt der Bär, und Sandy
ist heute krank.«

Ich setze mich in meinem Bett auf und lege die Fotos
sorgsam in die oberste Schublade von meinem Nachttisch. Gut, Regina wohnt nicht weit von uns entfernt, mit
dem Fahrrad fünf Minuten. Aber ich habe wirklich so gar
keine Lust, jetzt loszuradeln. »Muss das sein?«, nöle ich
also. Vielleicht lässt sich das Unheil ja noch abwenden.

»Bitte. Du hast dann auch was gut bei mir.«

»Ah ja, und was?«

Mom seufzt. »Jetzt komm schon, wenn ich könnte, würde
ich es selber holen, aber das geht gerade einfach nicht.«

»Na gut«, lasse ich mich erweichen. »Dann fahre ich
jetzt wohl mal los.«

»Du bist ein Schatz! Bis später!«

Missmutig lege ich auf. Es war bislang so ein gemütli-
cher Gammelvormittag, dass ich noch nicht mal angezogen bin. Schnell werfe ich mir ein Kleid über und radele
los. Rechts um die Ecke, dann links und den Hügel hoch.
Den Umzugswagen sehe ich schon von Weitem, und auch
Regina, die hektisch zwischen den Kisten, die auf dem
Bürgersteig stehen, hin und her läuft.

»Hey«, grüße ich und lehne mein Fahrrad an ihren
Gartenzaun.

Regina umarmt mich. »Wie lieb, dass du gekommen
bist. Wir sind schon im Verzug und müssen los, damit der
Wagen noch heute in Bayern wieder ausgeladen werden
kann. Sonst muss ich draufzahlen, weißt du.«

»Verstehe«, sage ich und schaue in den vollgepackten Lkw.

»Können wir jetzt los?«, fragt ein kräftiger Mann im Blaumann – einer der Umzugshelfer, vermute ich.

»Ja, ja, nur noch die letzten Kisten hier.« Regina zeigt auf die Kartons, die der Typ daraufhin in den Wagen räumt.

»Was soll ich denn mitnehmen?«, frage ich, und Regina deutet auf einen monströsen Karton neben der Gartenpforte.

Ich schlucke. Wie soll ich das denn bitte schön transportieren? Doch noch bevor ich was sagen kann, drängelt der Umzugsmann schon wieder. Die Kisten sind verstaut, sein Kollege befestigt gerade die Lkw-Plane.

Regina drückt mich fest zum Abschied, wischt sich eine Träne aus dem Augenwinkel und springt in das Führerhäuschen des Lkws. »Küss deine Mutter von mir! Ihr fehlt mir jetzt schon«, ruft sie durch das geöffnete Fenster, und schwupp, ist der Lkw auch schon um die Ecke gebogen. Und ich stehe plötzlich ganz alleine auf dem Bürgersteig mit einem riesigen Karton neben mir. Na toll. Wie soll ich den denn nach Hause bekommen? Am liebsten würde ich das Monstrum einfach hier stehen lassen, aber das bringe ich natürlich nicht übers Herz. Also öffne ich den Karton und schaue hinein.

Leider erfüllt sich meine Hoffnung nicht, dass Regina womöglich nur noch diese Kiste übrig hatte und in Wahrheit ein ganz kleines Spielzeug drinnen ist. Nein, ich ziehe einen monströsen quietschgrünen Stoffdinosaurier hervor. Oh Mann, Ben wird den lieben, aber er ist wirklich riesig!

Als Erstes entsorge ich den Karton. Zum Glück stehen noch die Mülltonnen vor Reginas Haus. Dann wickele ich mir den Dino um den Leib. Es hilft ja nix. Immerhin ist er weich und biegsam, sodass ich ihn unter meinen linken Arm klemmen und über den Rücken schwingen kann. Der Dinokopf liegt nun auf meiner Schulter, und so steige ich auf mein Rad und fahre langsam und vorsichtig zurück nach Hause. Wie bescheuert das aussehen muss!

Kurz vor unserem Haus gerät der Dino ins Rutschen. Ich eiere nach links und nach rechts und verliere am Ende doch das Gleichgewicht. Das Rad kippt um, aber glücklicherweise kann ich mich noch abfangen, sodass nur mein Fahrrad auf den Boden knallt.

»Hoppla!«, höre ich es neben mir, sehe aber nichts, weil der Dino mir die Sicht versperrt.

Ich schiebe meinen Kopf durch das plüschige Fell und schaue in himmelblaue Augen. Unser neuer Nachbar, na großartig. Schnell versuche ich, das Rad wieder aufzustellen, um ins Haus zu kommen, doch irgendwie kriege ich das nicht hin. Der Lenker hat sich in der Dino-Vorderpfote verfangen, und so bleibt mir nichts anderes übrig, als das Ungetüm fallen zu lassen und abzusteigen.

»Kann ich dir helfen?«, fragt Milo, und ich warte nur drauf, dass er in schallendes Gelächter ausbricht, doch das bleibt aus. Stattdessen schaut er mich freundlich an.

»Ich ... ähm ... tja, ich könnte durchaus ein wenig Hilfe gebrauchen.« Noch bevor ich rot werden kann, greift Milo nach dem Dino und hebt ihn über meinen Kopf. Nun kann ich mein Rad wieder aufheben und es zu unserem Gartentor schieben, während Milo das Kuscheltier trägt. Ich warte immer noch auf einen Lachanfall oder einen fiesen Kommentar. Aber der kommt nicht, stattdessen die Frage: »Gehst du eigentlich auch auf die Robert-Bosch-Schule?«

»Ähm, ja. Du dann auch bald?« Sollte er diese Peinlichkeit wirklich nicht kommentieren?

Milo schaut über den Dinorücken hinweg zu mir. »Ja. Zehnte Klasse.«

»Ich bin nach den Sommerferien in der Neunten«, sage ich. Kurz hatte ich Sorge, dass wir in eine Klasse kommen. Bisher hat Milo mich wirklich nur in peinlichen Situationen erlebt, da wäre es mir unangenehm, wenn wir auch noch den ganzen Tag zusammen in einem Klassenraum sitzen. Ich schiebe mein Rad in die Einfahrt, lehne es an die Garagentür und drehe mich zu Milo, um ihm das Kuscheltier abzunehmen.

»Wirst du jetzt alleine mit dem Monster fertig?«, fragt er grinsend.

Ich schwinge mir den Dino lässig über die Schulter. »Na klar! Danke für deine Hilfe. Ciao!«

»Immer gern.« Er hebt seine Hand zum Gruß und geht zurück zu seinem Haus. Kurz schaue ich ihm noch hinterher, dann schleppe ich das Monstrum rein. Was für ein dämlicher Ausflug!

Nach einem Snack gehe ich wieder in mein Zimmer. Ich öffne meinen Vorhang einen Spaltbreit und schaue vorsichtig hinaus. Milo liegt im Garten in der Hängematte und liest. Zu gerne würde ich wissen, was Milo für ein Buch liest, aber es ist auf die Entfernung nicht zu erkennen.

Als mein Handy piepst, lasse ich den Vorhang wieder fallen. Es ist eine Nachricht von Meral. *Kommst du vorbei? Mädelsrunde?*

Klar! Wann?, tippe ich und erhalte kurz danach Antwort: *Jederzeit. Joe ist auch schon auf dem Weg. Und vergiss das Foto von Valentin nicht!!!*

Prima. Ich hatte eh nichts geplant für den weiteren Tag, also fahre ich direkt wieder los.

Joey ist auch schon da und hat eine riesige Packung Eis mitgebracht. Mit einer Decke setzen wir uns auf den Rasen und löffeln das Eis direkt aus der Verpackung.

»Und, wie war euer Telefonat gestern?«, fragt Joey.

Ich halte kurz inne und schaue verträumt in die Ferne. »Toll, wirklich toll. Valentin hat gesagt, dass er mich vermisst und viel lieber bei mir wäre als in Hamburg.«

»Ah« und »Oh« machen meine Freundinnen und sind ganz gerührt.

Aus meiner Tasche krame ich das Foto hervor und präsentiere es stolz.

»Oh, der sieht nett aus«, schwärmt Meral sofort.

Joey schnappt sich das Foto und schaut es sich ganz genau an. Dann nickt sie zufrieden. »Ja, finde ich auch. Gut ausgesucht, Lynn. Sehr gut sogar!« Sie lehnt sich auf der Decke zurück, verschränkt die Arme im Nacken und schaut in den Himmel. »Ist es nicht aufregend, dass wir jetzt alle drei Freunde haben? Ich fühle mich so ... so erwachsen.« Sie kichert.

Meral nimmt sich einen riesigen Löffel Eis und lässt sich damit neben Joey fallen. »Ja, aber es ist nicht nur, dass man sich plötzlich erwachsen fühlt. Es ist doch auch alles so besonders, oder nicht? Vor jedem Treffen mit Luis kribbelt mein Bauch wie verrückt, und ich kann es kaum erwarten, dass die Zeit vergeht, bis wir uns wiedersehen. Und wenn wir dann zusammen sind, ist jeder Moment so unglaublich schön. Hach.«

Joey lacht. »Ja, das geht mir auch so. Ich hätte nie gedacht, dass es so toll sein kann, mit einem Jungen so viel Zeit zu verbringen. Moritz bringt mich zum Lachen und macht mich einfach glücklich. Und er kann küssen, ich sag's euch!«

Mit einem mulmigen Gefühl im Magen beobachte ich meine Freundinnen beim Schwärmen. Sie sind so zufrieden, wie ich sie noch nie gesehen habe, und ich bin wirklich neidisch auf alles, was sie erleben.

Meral stützt sich auf die Unterarme und legt den Kopf schief. »Tut mir leid, Lynni. Für dich ist das sicher nicht ganz so einfach, was?«

Ich presse die Lippen aufeinander und nicke. Wenn auch aus anderem Grund, als die beiden annehmen.

»Na, immerhin hast du auch jemanden – selbst wenn er weit weg ist. Aber ihr könnt telefonieren, und du kannst beim Einschlafen an ihn denken. Wie blöd wäre es, wenn du als Einzige Single wärst!« Nun setzt sich auch Joe auf und schaufelt noch mehr Eis in sich hinein. »So kannst du bei allem mitreden. Und ihr seht euch ja bestimmt bald wieder, dann holt ihr alles nach.«

Wieder nicke ich und nehme mir auch noch eine Portion Eis.

»Wann seht ihr euch denn? Habt ihr das gestern besprochen?«, fragt Meral. Achselzuckend zupfe ich einzelne Grashalme ab. »Vielleicht in den nächsten Ferien.« Wie das gehen soll, weiß ich nicht. Bis dahin ist ja aber noch Zeit.

»Oh Mann, das ist aber lang. Die Sommerferien sind ja noch nicht mal zu Ende. Das ist erst in zwei Monaten, oder?« Joe schnappt sich ihr Handy, tippt darauf herum und nickt. »Das tut mir echt leid für euch.«

»Und für uns auch«, fällt ihr Meral ins Wort. »Wir lernen ihn ja auch erst so spät kennen.«

Ich seufze. Joe tippt weiter in ihr Handy. »Ach, Moritz ist so süß. *Hallo, Zuckerschnitte, vermiss dich. Heute Abend bei mir? Sturmfrei!*« Sie sieht uns mit blitzenden Augen an. »Oh, là, là – sturmfrei!«

Meral gibt ihr einen Schubs. »Joe, du bist unmöglich. Ihr seid doch erst so kurz zusammen. Ich glaube, ihr geht das alles zu schnell an.«

Joey winkt ab. »Ach was. Keine Sorge. Wir machen ganz langsam!«

»Außer, wenn ihr in den Regen kommt«, frotzelt Meral.

»Aber die nächsten Tage ist kein Regen angesagt, also!« Joe grinst, und Meral und ich werfen uns schockierte Blicke zu.

»Ich bin gespannt, wie es bei euch weitergeht«, lenkt Joe nun von sich selbst ab. »Wenn ihr euch nicht ständig seht, muss Valentin ja Angst haben, dich an einen anderen zu verlieren.«

Achselzuckend sehe ich meine Freundin an. »Aber andersrum genauso, oder nicht?«

»Na, da müsst ihr euch eben ganz besonders umeinander bemühen«, schlägt Joe vor. »Du könntest ihm ja mal ein nettes Foto von dir schicken.« Sie knipst mich mehrfach mit ihrem Handy, bearbeitet in Windeseile eins der Fotos und schickt es mir. Mein Handy piepst, und ich schaue es mir an. Joe hat unzählige Fotobearbeitungs-Apps und hat aus meinem Foto ein kleines Kunstwerk gebastelt – dank irgendeines Filters sieht meine Haut pfirsichzart aus, und ein sanfter Schimmer umgibt mich. Bin ich da plötzlich sogar geschminkt? So lang sind meine Wimpern doch gar nicht. Hier und da hat sie kleine Herzchen verteilt, und ein »I MISS YOU« steht in geschwungener Schrift am unteren Bildrand. Ich wünschte, ich könnte dieses Foto wirklich an irgendjemanden weiterleiten, doch ich lasse mir natürlich nichts anmerken.

»Ach Mann!«, schimpft Meral derweil, die ebenfalls mit ihrem Handy beschäftigt ist. »Luis hat die ganze nächste Woche keine Zeit, weil er zum Training muss. Irgendein Sommer-Schwimm-Camp, das von früh bis spät geht. Das nervt.« Sie verschränkt die Arme vor der Brust.

»Tut mir leid«, sage ich und beschließe, den einzigen Vorteil, den mein imaginärer Freund mit sich bringt, zu nutzen: Ich werde ihn zum vorbildlichsten, liebevollsten und bemühtesten Boyfriend aller Zeiten machen.

8. Kapitel

»Du glaubst gar nicht, wie genervt ich von Moritz bin!«, schimpft Joey ein paar Tage später am Telefon.

»Mhm«, mache ich, während ich versuche, meine Handschrift zu verstellen.

Um aus Valentin den perfekten Freund zu machen, schreibe ich mir heute selber einen Liebesbrief und habe vorhin auch schon einen kleinen Blumenstrauß gekauft, der nun auf meinem Nachttisch steht. Vermutlich schreiben Jungs heutzutage gar keine Briefe mehr und schicken auch keine Blumen, aber das ist doch wohl der Inbegriff von Romantik. Vielleicht habe ich auch einfach nur zu viele Liebesfilme gesehen. Eins weiß ich aber sicher: Meine Freundinnen werden diese Geste ebenso lieben wie ich.

»Nur weil ich diesen Actionfilm nicht mit ihm ansehen wollte!« Joe schnauft empört. »Gestern hat er sich den ganzen Tag nicht gemeldet und heute auch noch nicht. Dabei wollten wir nachmittags zusammen zum See fahren. Aber dann eben nicht!«

»Genau«, sage ich. »Komm doch erst mal her, und dann sehen wir weiter, ja?«

Ich habe meine Freundinnen heute Vormittag zu mir eingeladen, damit sie Valentins romantische Gesten bewundern können. Das habe ich natürlich nicht gesagt, das wird so nebenbei passieren. Da Joe mit Moritz Streit hat und Luis im Schwimm-Camp ist, haben meine Freundinnen zur Abwechslung mal Zeit. Und ich fühle mich richtig gut dabei, auch mal wieder die volle Aufmerksamkeit der beiden zu bekommen. Übers Wochenende war mir ganz schön langweilig.

»Gut, ich fahre gleich los«, sagt Joey schließlich. »Sorry, dass ich mich verspäte.«

»Kein Problem, bis gleich!« Ich lege mein Handy zur Seite, schreibe mit krakeliger Schrift ein »Ich wünschte, du wärst bei mir« auf die Karte und stelle sie neben die Blumen. Zufrieden bewundere ich mein Werk. Ich behaupte einfach, dass der Fleurop-Bote da war, um mir Valentins Gruß zu überreichen. Eine wirklich süße Geste, oder nicht? Wenn ich einen Freund hätte, würde ich mich riesig freuen. Nun gut.

Kurz darauf klingelt es schon an der Tür. Ich stürze die Treppen hinunter und öffne Meral die Tür. Auch meine beste Freundin sieht ein wenig angeschlagen aus.

»Alles okay?«, frage ich besorgt, während wir uns umarmen.

Sie seufzt. »Ach, eigentlich schon. Aber das mit diesem Schwimm-Camp geht mir ganz schön an die Nieren. Luis ist den ganzen Tag da und wird abends so müde sein, dass er sich nicht mehr mit mir treffen kann. Dabei sind jetzt noch Ferien. Wenn die Schule erst mal wieder losgeht und er jeden Nachmittag nach der Schule noch zu seinem regulären Training muss, wird es Normalität sein, dass wir uns nie sehen.« Müde fährt sie sich durch die Haare. »Ich mag nicht nur eine Wochenendbeziehung führen. Außerdem hat Luis an den Wochenenden oft auch Wettkämpfe. Da bleibt gar keine Zeit für uns. So gefällt mir das nicht.«

Noch einmal drücke ich Meral an mich. Auch wenn mich das ganze Jungsding nervt, tut es mir leid, wenn sie so traurig ist. »Ihr werdet schon einen Weg finden, Zeit miteinander zu verbringen, ganz bestimmt!«

Mit zusammengezogenen Augenbrauen sieht Meral mich an. »Das hoffe ich wirklich. Ich hab ihn so lieb, weißt du. Er fehlt mir, wenn ich ihn so selten sehe. Aber wem sage ich das …«

»Hey, was steht ihr denn hier so bedröppelt rum?«

Meral und ich haben es noch nicht mal geschafft, die Tür hinter uns zu schließen. Joey, die wirklich blitzschnell hier war, wirft ihr Fahrrad in den Vorgarten und kommt zu uns.

»Meral hat Ärger mit Luis«, erkläre ich.

Joe nickt heftig. »Da können wir uns ja zusammentun.«

»Jetzt kommt aber erst mal rein!« Endlich schiebe ich meine Freundinnen ins Haus und schließe die Tür.

»In den Garten?«, fragt Joe und steuert schon auf die Terrasse zu, aber ich habe ja einen anderen Plan, auch wenn ich mich ein wenig schlecht dabei fühle, meinen beiden liebeskummergeplagten Mädels jetzt die heile Welt vorzuspielen.

»Äh, nee, ich habe gestern ein wenig zu viel Sonne abbekommen«, schwindele ich. »Lasst uns lieber in mein Zimmer gehen.«

Als wir mein Zimmer betreten, bemerkt Meral die Blumen sofort. »Nee, oder?« Sie schaut mich fassungslos an.

»Was denn?« Joe steht hinter mir und sieht mir über die Schulter. »Ach was. Sind die von deinem Lover?« Ich hasse es, wie sie das Wort *Lover* betont, ja fast singt.

Meral ist schon zu meinem Nachttisch gestürzt und hält die Karte in den Händen. Vorne ist ein in den Sand gemaltes Herz abgebildet. Sie schaut mich fragend an, und ich nicke gönnerhaft.

»Ich wünschte, du wärst bei mir! Ach du meine Güte, das ist so süß!« Meral bekommt sich gar nicht mehr ein. Und auch Joey ist sprachlos. »Wow! Blumen und eine Karte? Das ist cool. Von Moritz habe ich gerade mal einen kleinen Rahmen mit einem Foto von uns bekommen.«

»Immerhin!« Meral sieht schon wieder ganz traurig aus. »Luis hat mir noch gar nichts geschenkt.«

»Der Rahmen ist superhässlich, kein Grund, neidisch zu werden! Außerdem habe ich auf dem Foto ein Doppelkinn.« Joey lässt sich lachend auf mein Bett fallen. »Ach, Leute, was ist denn nur passiert? Noch vor wenigen Wochen haben wir uns nur um uns gekümmert, und plötzlich gibt es Blumen, Geknutsche und leider auch die ersten Streitereien.«

Wir bleiben stundenlang in meinem Zimmer, quatschen, lachen und lassen uns über unsere Freunde aus. Das macht wirklich Spaß, zumal ich jetzt wieder mitreden kann – auch wenn ich alles um Valentin herum erfinden muss. Dass er am Wochenende beim Segeln war, zum Beispiel.

Oder dass er mir gestern Abend am Telefon süße Dinge ins Ohr geflüstert hat.

Die beiden bleiben letztendlich auch viel länger, als ich gedacht hätte, nämlich bis zum Nachmittag. Als Mom und Benny nach Hause kommen, essen wir gemeinsam in der Küche Kuchen, den die beiden mitgebracht haben. Benny ist total glücklich, dass Meral danach mit ihm *Memory* spielt, und den neuen Dino zeigt er ihr natürlich auch ganz stolz. Ich bin glücklich, weil wir einen richtig tollen Tag zusammen haben. Und auch ein wenig, weil die beiden wegen Valentin neidisch sind.

Zum Glück sind Meral und Joe schon weg, als meine Mutter den Blumenstrauß in meinem Zimmer entdeckt. »Ach, von wem ist der denn?«

Ich laufe sofort knallrot an. »Ähm …«

Mom winkt ab. »Keine Sorge … wenn du es mir nicht erzählen willst, musst du das nicht. Wenn doch, habe ich immer ein offenes Ohr für dich.«

»Danke! Ich erzähl's dir irgendwann, ja?« Verdammt, ist mir das peinlich. Ich weiß gar nicht, ob ich es meinen Eltern überhaupt erzählen würde, wenn ich mich mit einem Jungen treffe. Aber von einem Jungen zu erzählen, den es eigentlich gar nicht gibt, der aber Blumen schickt – das geht gar nicht!

Mom streichelt mir übers Haar und schluckt. »Gut. Ich wollte dich bitten, ob du den Nowacks unseren Mixer bringen könntest.«

»Wem?«

Sie deutet mit dem Finger auf das Nachbarhaus. »Den

neuen Nachbarn. Bettina hat gerade aus dem Supermarkt angerufen. Sie bekommen heute Abend Besuch, und eben fiel ihr ein, dass sie zum Kochen einen Mixer braucht und ihrer beim Umzug kaputtgegangen ist.«

»Und warum muss ausgerechnet ich das machen?« Dass ich Ferien habe, interessiert hier wohl niemanden.

»Weil Bettina eh noch nicht zu Hause ist und ich auch so viel zu tun habe heute.« Sie sieht mich mit einem Blick an, der keine weiteren Fragen zulässt.

Ich stöhne laut. »Okay! Und wo ist der blöde Mixer?«

»In der Küche. Vielen Dank!« Damit rauscht sie ab. Toll. Wie viele Botengänge will sie mir denn noch aufdrücken?

Kurz darauf klingele ich also mit dem Mixer in der Hand bei den neuen Nachbarn. Erst höre ich ein Kläffen, dann öffnet Milo mir die Tür. Der Hund schiebt sich durch den Türspalt und springt an mir hoch.

»Django, aus!«, ruft Milo seinen Hund zurück, bevor ich ihn streicheln kann. Denn Django hört erstaunlicherweise richtig gut und verschwindet mit eingezogenem Schwanz hinter Milo. »Er tut nichts, freut sich nur über Besuch.« Milo grinst verlegen.

Ich lächele und zucke mit den Schultern. »Ähm. Schon klar. Kein Problem. Hier ist der Mixer.« Als Milo mich verständnislos ansieht, erkläre ich: »Deine Mutter hat meine Mutter angerufen und gefragt, ob sie unseren Mixer haben kann – hier ist er also.«

Er nimmt mir das Teil lachend ab. »Okay. Cool. Danke für den ... äh ... Mixer.«

Ich zucke mit den Schultern und wende mich gerade zum Gehen, als Milo sagt: »Hey, Lynn, sag mal … Ich war jetzt schon ein paarmal alleine in der Stadt unterwegs, aber du kennst dich hier bestimmt besser aus als der Reiseführer oder das Stadtmagazin, oder?«

»Ja, vermutlich schon.« Zögernd bleibe ich stehen.

Milo sieht mich mit einem schiefen Lächeln an. »Würdest du mir vielleicht mal ein paar coole Orte zeigen?«

Ich sage erst mal nichts. Weil ich darauf eigentlich gar keine Lust habe.

»Ich lade dich auch auf ein Eis ein. Ich habe da diese eine Eisdiele in der Fußgängerzone gesehen – *Eissalon* oder so.«

Ich hebe abwehrend die Hände. »Oje, da darfst du nie hingehen. Die haben ganz mieses Eis, und da gab's auch vor ein paar Jahren mal einen Salmonellenvorfall. Da mussten die fast ihren Laden schließen. Nee, das beste Eis der Stadt gibt's bei *Venezia*.«

Nun legt er den Kopf schief. »Siehst du, ohne dich wäre ich zum *Eissalon* gegangen, hätte mir eine Salmonellenvergiftung geholt und hätte die restlichen Sommerferien im Bett verbringen müssen. Also, übermorgen?«

Ich finde das fast schon dreist, wie er sich mir aufdrängt. Aber um ehrlich zu sein, habe ich übermorgen gar nichts vor. »Na gut. Um zehn?«

Milo nickt. »Alles klar, ich hol dich ab!« Er winkt noch kurz und schließt dann die Tür. Und ich trotte genervt nach Hause. Auf eine Tourirunde durch die Stadt habe ich echt keine Lust. Aber so leicht komme ich da vermutlich nicht mehr raus.

»Na, war's sehr schlimm?«, fragt Mom.

Ich werfe ihr einen finsteren Blick zu. »Um ehrlich zu sein, ja! Irgendwie hat dieser Milo sich mir aufgequatscht, und nun muss ich ihm übermorgen die Stadt zeigen.«

»Ach, das wird sicher nett.« Mom lässt Spaghetti ins dampfende Wasser gleiten. »Ich finde, die Nowacks sind wirklich eine ganz reizende Familie.«

»Mhm«, mache ich und ziehe mich in mein Zimmer zurück, wo ich mich wieder dem Projekt Valentin zuwenden möchte, der mir unbedingt morgen einen weiteren Liebesbrief schreiben muss. Aber einen, der so richtig ans Herz geht.

9. Kapitel

»Der Film soll richtig gut sein«, schwärmt Joey, während wir dem Kartenabreißer unsere Tickets hinhalten. »Und superlustig, sagt Moritz zumindest.« Die beiden haben sich gestern anscheinend wieder vertragen. Na, ein Glück, dass sie ihn nicht gleich mitgeschleppt hat!

Wir huschen in den abgedunkelten Kinosaal und suchen unsere Plätze – gerade rechtzeitig, denn schon schiebt sich der Vorhang beiseite, und die erste Werbung flimmert über die Leinwand. Ich plumpse in den roten Plüschsessel und nehme einen Schluck Limo.

Die Werbung dauert wieder ewig, und in den Vorschauen werden nur Actionfilme gezeigt. Die interessieren mich eh nicht. Dann endlich kommt der Vorspann. Joe hat den Film ausgesucht, eine Liebeskomödie. Wieso Moritz den schon gesehen hat, Joey aber noch nicht, verstehe ich nicht, aber egal. Moritz' Empfehlung lässt mich jedenfalls das Schlimmste erwarten. Und leider bestätigt sich das recht schnell. Die Geschichte ist lahm und die Witze so platt, dass es mir schwerfällt, in Joeys Gelächter einzustimmen. Also mümmele ich mein Popcorn und hoffe, dass der Spuk bald ein Ende hat.

Als beinah die Hälfte überstanden ist, nimmt der Film für mich allerdings eine unerwartete Wendung. Das gibt's doch gar nicht! Ich erwache schlagartig aus meinem halb komatösen Zustand und starre auf die Leinwand. Die Hauptdarstellerin hat sich in ihren neuen Nachbarn verliebt, der aber schon einen Sohn aus einer vorherigen Beziehung hat. Dieser Sohn geht aufs College und ist nur manchmal in den Ferien bei seinem Dad. Nun ist er gerade angereist, steht mit einem Koffer vor der Tür, und dieser Sohn ist Taylor aus Texas! Ein paar Jahre älter als auf den Fotos, die ich verwendet habe, aber eindeutig erkennbar. Man hat ihm das kleine Muttermal weggeschminkt. Vielleicht hat er es auch weglasern lassen, auf alle Fälle ist es nicht mehr da. Und er hat hellere Haare, vermutlich gefärbt.

Panik überkommt mich. Das darf doch wohl nicht wahr sein! Wer kann denn auch ahnen, dass Taylor bei *New Talents* tatsächlich entdeckt wurde? Oh nein! Und was noch viel schlimmer wäre: Was passiert, wenn meine Freundinnen Taylor erkennen?

»Mir ist ein bisschen schlecht«, flüstere ich Joey zu. »Können wir gehen?«

Sie wirft mir einen skeptischen Blick zu. »Vielleicht hast du zu viel Popcorn gegessen.«

»Keine Ahnung, aber mir geht's nicht gut.«

»Och, ich will den Film aber unbedingt zu Ende sehen. Geh doch kurz an die frische Luft. Und wenn's gar nicht geht, schickst du eine Nachricht, ja?« Flehend sieht Joey mich an.

Plötzlich beugt sich Meral zu uns. »Irgendwie kommt mir dieser Sohn bekannt vor, euch nicht?«

Verdammt, jetzt ist es ihr doch aufgefallen! Mir wird ganz heiß.

»Also, ich kenne den nicht. Noch nie gesehen!«, antworte ich viel zu laut und ernte prompt einen bösen Blick von der Frau in der Reihe vor uns.

»Hm«, nun legt Joey den Kopf schief, »der sieht aus wie …«

»Ich hab's!«, ruft sie plötzlich, und die Frau von vorne dreht sich wieder um und legt einen Finger auf den Mund.

»Der sieht aus wie Valentin«, flüstert Joey jetzt viel leiser, aber nicht weniger aufgeregt.

»Quatsch, der sieht doch ganz anders aus«, winke ich ab. »Ist doch auch viel älter. Der da«, ich deute auf die Leinwand, »ist bestimmt schon zwanzig.« Taylor müsste jetzt achtzehn sein, glaube ich, aber das behalte ich für mich. »Außerdem ist er braunhaarig und hat kein Muttermal.«

Taylor hat sich wirklich ziemlich verändert, seit er die Fotos online gestellt hat. Aber er ist und bleibt eben Taylor, also Valentin, und das sieht man einfach. Schluck.

»Hm, na, wenn du meinst. Aber er ist echt süß«, sagt Joe und schürzt ganz verzückt die Lippen. Zum Glück überschlägt sich die Geschichte jetzt aber noch mal mit schlechten Witzen, sodass die verblüffende Ähnlichkeit in Vergessenheit gerät. Außerdem reist der Sohn, also Taylor, dann auch schon wieder ab.

Leider ist mein toller Liebesbrief, den ich mir gestern selbst geschrieben habe, damit für die Tonne. Dabei ist er so schön romantisch geworden. Aber ich habe eins der Taylor-Fotos, die ich ausgedruckt hatte, auf den Briefbogen geklebt und auch was im Brief zu dem Foto geschrieben. Da ich der Diskussion kein neues Feuer geben möchte und erst recht nicht will, dass Joe oder Meral einen Fotovergleich starten, gibt es heute eben keinen Brief zum Angeben. Schade, ich habe ihn extra in meine Tasche gesteckt.

Als die ersten Töne der Abspannmusik erklingen, springe ich auf. Ich muss dafür sorgen, dass Joey im Abspann den Namen von Taylor nicht liest und womöglich noch Fan wird oder im Internet nach ihm sucht und dabei auf die Fotos bei *New Talents* stößt. Das wäre die absolute Katastrophe! Meral und Joe werfen mir irritierte Blicke zu.

»Ich muss dringend auf die Toilette. Kommt ihr mit?«, frage ich, und die beiden erheben sich, um mir zu folgen. Gut! Den Namen wird Joey heute nicht mehr rausfinden. Und ich bezweifele, dass sie sich morgen noch an Taylor erinnern wird.

»Gehen wir noch was trinken?«, fragt Meral, als wir vor dem Kino stehen.

»Ich muss los!«, entschuldigt sich Joey. »Moritz wollte mich noch treffen. Wir telefonieren morgen, ja?« Sie drückt uns zum Abschied einen Kuss auf die Wange und geht beschwingt davon.

Mir passt das ganz gut, weil ich hoffe, dass so das Thema Taylor nicht noch mal aufkommt. Meral und ich schieben ins Café gegenüber und setzen uns an einen Ecktisch. Kaum, dass wir unsere Getränke bestellt haben, piepst Merals Handy. Eine WhatsApp.

»Oh!« Ihre Augen beginnen zu leuchten. »Luis kommt gleich zu mir. Sein Training ist heute etwas früher zu Ende. Aber eine halbe Stunde haben wir noch.« Sie hat ein schlechtes Gewissen, dass sie unseren weiteren Plan sprengt, das sehe ich ihr an. Missmutig verziehe ich den Mund.

»Tut mir leid!« Sie tätschelt meinen Arm. »Wir haben doch nur so wenig Zeit zusammen. Aber erzähl mal, was es Neues von Valentin gibt.«

Ich seufze tief. Eher, weil ich enttäuscht bin, dass ich den Abend nun allein verbringen muss, aber auf Meral muss es so wirken, als würde ich wegen meinem stets abwesenden Boyfriend seufzen. Ein Sehnsuchtsseufzer also. Stimmt ja auch irgendwie, nur dass es die Sehnsucht nach der unbeschwerten Zeit mit meinen Freundinnen ist.

Meral sieht mich ganz mitleidig an. »Oh, du vermisst ihn, was?«

Ich nicke und beginne wieder, meine Rolle der fernbeziehungsführenden Freundin zu spielen. »Ja, allerdings. Wir telefonieren zwar, und er schreibt mir Briefe. Aber es ist ja alles noch so frisch, und wir bräuchten viel mehr Zeit zusammen. Na ja.« Ich senke meinen Blick und versuche, sehr betrübt rüberzukommen, was mir offensichtlich gelingt, denn ich habe Merals vollstes Mitgefühl.

»Habt ihr denn schon was wegen der Herbstferien geplant? Das ist doch noch ewig weit weg.«

Ich nehme einen Schluck von meiner Apfelschorle und gebe ein schmerzvolles »Mhm« von mir.

Meral kann meinen Anblick anscheinend kaum ertragen. »Könnt ihr euch nicht vorher wenigstens mal für ein Wochenende treffen?«

Puh! All diese Fragen, die mir immer wieder gestellt werden, erfordern eine ganze Menge Fantasie. »Ähm, ja, nein. Meine Eltern lassen mich nicht alleine nach Hamburg fahren. Und Valentin darf auch nicht alleine zu uns. So gut kennen wir uns eben noch nicht, dass unsere Eltern das erlauben würden. Außerdem sind wir zu jung, um alleine zu verreisen.«

»Hm«, macht Meral und zieht eine Schnute. »Da muss es doch eine Möglichkeit geben. Ich denke noch mal nach.«

»Ach, schon gut«, winke ich ab. »In den Herbstferien klappt es bestimmt. Das schaffen wir schon.«

»Ja, mal sehen. Ich muss los, meine Süße, tut mir leid.« Sie legt drei Euro auf den Tisch, wir verabschieden uns, und dann sitze ich alleine im Café.

10. Kapitel

Am nächsten Tag klingelt es um Punkt zehn Uhr an unserer Haustür. Milo! Ach du Schreck, den hatte ich total vergessen. Und natürlich habe ich mir keine Gedanken gemacht, was ich ihm zeigen könnte. Weil ich gestern Abend noch den Entschluss gefasst habe, ein Päckchen von Valentin an mich vorzubereiten. Ich habe mir lauter süße Kleinigkeiten überlegt, die er mir schicken wird. Die muss ich alle noch besorgen. Da passt mir der Stadtrundgang mit Milo jetzt so gar nicht in den Kram. Am liebsten würde ich absagen, irgendeine Krankheit vortäuschen oder so, aber das bringe ich dann doch nicht übers Herz.

Während ich die Treppen hinunterrenne, beschließe ich also, die Runde mit Milo kurz zu halten. Nach einer Stunde werde ich vorgeben, zu einem anderen Termin zu müssen. Dann habe ich noch genügend Zeit für meine Valentin-Überraschung.

Ich öffne die Tür, und seine blauen Augen blitzen mich an. Milo trägt eine kurze Hose und ein ziemlich cooles Shirt. Seine Sonnenbrille hat er sich auf den Kopf geschoben.

»Hi!« Er grinst.

Ich werfe die Tür hinter mir ins Schloss. »Na, dann mal

los. Ich hab leider nicht so viel Zeit heute, aber ein paar Dinge werde ich dir zeigen können. Was willst du denn sehen?«

Er grinst immer noch. Ist wohl gar nicht aus der Ruhe zu bringen, der Typ. »Was schlägst du vor?«, spielt er den Ball zurück.

Ratlos sehe ich die Straße nach rechts und nach links hinunter. »Vielleicht zeige ich dir erst mal die Abkürzung zur Schule, dann den besten Bäcker für einen Snack zwischendurch, falls der Schultag mal länger ist. Und sonst?«

»Eis!«, fordert Milo und schaut mich ganz schelmisch an.

»Genau. *Venezia.*« Och nee, hoffentlich ist da niemand, den ich kenne. Joey und Moritz fahren heute zu dem Badesee, zu dem sie vor ein paar Tagen schon wollten. Meral ist bei ihrer Oma. Vielleicht habe ich Glück. »Dann mal los.«

Zielstrebig steuere ich auf unsere Schule zu. Die ist nicht weit entfernt, zehn Minuten ohne Abkürzung, sieben Minuten mit. Ich geleite Milo durch die Irrwege der großen Parkanlage, die unsere Straße von der Schule trennt.

»Hier war ich schon ganz oft mit Django«, sagt Milo, der immer einen Schritt hinter mir hergeht, weil ich mit einem Affenzahn voransprinte.

»Aha«, sage ich abwesend, denn in Gedanken bin ich wieder bei meinem Paket. Eine getrocknete Rose könnte ich hineinlegen, und dann habe ich neulich in diesem einen Laden Bonbons mit kleinen Herzchen drauf gesehen. Die muss ich unbedingt besorgen. »Schau mal hier, durch diesen Durchgang musst du gehen. Den übersieht man

leicht. Aber da bist du schon an der Rückseite der Schule.«
Ich schiebe mich durch das Geäst, ohne auf Milo hinter
mir zu achten.

»Autsch!«, ruft er plötzlich.

Erschrocken drehe ich mich um. Ein blassrosa Striemen
ziert Milos Wange. Er muss einen zurückschnellenden Ast
abbekommen haben.

»Oh, tut mir leid!« Besorgt schaue ich ihn an. Das
wollte ich wirklich nicht.

»Schon okay.« Er winkt ab. Irgendwas an ihm sieht anders aus. Seine Augen sind irgendwie matt. Vielleicht liegt
es aber auch nur am Licht.

»Komm, wir gehen weiter.« Er überholt mich und steuert auf die Schule zu. Rasch laufe ich ihm hinterher.

»Tja«, ich räuspere mich, »hier ist er also, der Ort des
Grauens.« Ich lache viel zu schrill.

Milo lacht nicht mehr. Er schaut die Schule lange an.
»Okay«, sagt er irgendwann. »Und wo ist nun der Bäcker?«

»Oh, ja. Der Bäcker. Es gibt genau genommen drei Bäcker in unmittelbarer Nähe. Einer ist richtig mies, einer
richtig teuer und einer genau richtig.« Wieder dringt dieses schrille Lachen aus meiner Kehle, das Milo auch diesmal nicht erwidert. Ein blödes Gefühl kommt in mir auf.

»Ich zeige dir, welcher der beste ist. Wir müssen hier
links abbiegen.«

Während wir an der beigen Mauer entlanglaufen, die die
Schule umgibt, sagt keiner was. Ich führe ihn an dem teu-
ren Bäcker vorbei zu dem netten Bäcker *Wolf*, der aber gerade geschlossen hat. Auch die Wolfs machen mal Ferien.

»Da kann man nichts machen«, sage ich, nachdem ich das Schild im Schaufenster studiert habe. »Die haben wirklich leckeren Kuchen. Musst du mal austesten. Zumindest weißt du jetzt, wo man hingeht. Dann können wir ja weiter zu *Venezia*.«

Milo trippelt von einem Fuß auf den anderen und schaut zu Boden. »Du … also, wir müssen das nicht machen.« Wieder guckt er mich mit diesen trüben Augen an, die vorhin, als er mich abgeholt hat, noch so gefunkelt haben. Die Schramme auf seiner Wange verblasst langsam, ist aber noch zu sehen.

»Wie meinst du das?«, frage ich.

Er schluckt. »Es scheint ja so, als … na ja, als hättest du keine rechte Lust auf diesen Ausflug. Wir können das auch einfach verschieben. Oder wir lassen es ganz sein. Ich dachte nur, es wäre nett, weil wir ja nebeneinander wohnen …«

»Oh.« Verdammt, ich habe ihn verletzt. Vermutlich war ich viel zu abweisend und habe husch, husch mein Programm – das es eigentlich nie gab – runtergeleiert. »Das tut mir leid.«

»Ist schon gut.« Er lächelt, aber ich sehe, dass es kein echtes Lächeln ist. »Ich versteh das. Du hast hier deine Freunde und total viel andere Dinge zu tun. Da hat man eben keine Zeit für einen Typen, der zufällig nebenan wohnt. Ich wollte mich dir nicht aufdrängen, sorry!« Er wendet sich zum Gehen. »Trotzdem danke, Lynn. Danke, dass du mir … ähm … die Abkürzung zur Schule gezeigt hast. Das spart in Zukunft sicher viel Zeit.« Autsch!

Er hebt die Hand zum Gruß, doch ich halte ihn fest. »Nein. Bitte geh nicht. Es tut mir wirklich leid. Das war total blöd von mir. Ich habe nicht nachgedacht und war sehr unsensibel. So bin ich eigentlich überhaupt nicht. Ich habe nur so viel um die Ohren gerade.« Ich schüttele den Kopf.

»Egal. Das hat gar nichts mit dir zu tun. Ich würde mich wirklich sehr freuen, wenn wir noch zu *Venezia* gehen.«

Milo ist in der Bewegung erstarrt. »Also, ich weiß nicht. Du hast ja auch noch was anderes vor, hast du gesagt. Ist schon gut, wirklich. Ich bin dir nicht böse, keine Sorge.« Nun lächelt er wieder, und diesmal glaube ich ihm. Trotzdem möchte ich ihn jetzt nicht so ziehen lassen. Wie mies muss er sich fühlen, ganz neu in der Stadt, ohne jemanden zu kennen, und die Nachbartussi benimmt sich wie ein Baby.

»Um ehrlich zu sein, habe ich gar nichts vor.« Meine Wangen färben sich rot. Ich verziehe das Gesicht. »Das ist mir alles so unangenehm. Können wir nicht noch mal von vorne anfangen?«

Eine Weile sagt Milo nichts, und ich habe Angst, ihn zu sehr enttäuscht zu haben. Was für ein blöder Start. Nach endlosen Momenten streckt er mir seine Hand entgegen und lächelt schief. »Hi, ich bin Milo. Ich bin neu hier.«

Dankbar ergreife ich seine Hand und drücke sie kurz. »Hallo, ich bin Lynn. Darf ich dir unsere Stadt zeigen?«

Milo grinst, und endlich ist das Funkeln zurück. »Sehr gern sogar. Ich habe zufällig gerade Zeit.«

Ich atme auf. Und plötzlich weiß ich genau, was ich Milo alles zeigen möchte. Statt gleich zur Eisdiele zu gehen, führe ich ihn erst mal auf den Hügel, von dem aus man den Sonnenuntergang so toll sehen kann und auf dem sich abends immer Leute von unserer Schule treffen, um abzuhängen. Danach gehen wir zu dem kleinen Künstlercafé, das erst letztes Jahr aufgemacht hat und das zu Weihnachten so wahnsinnig gemütlich ist und praktischerweise auch tolle Geschenke verkauft. Für Benny habe ich dort eine total süße Strickgiraffe gekauft und für Mom Ohrringe. Dann zeige ich Milo noch ein paar nette Geschäfte, einen Billardsalon, und schließlich sind wir bei der Eisdiele angelangt. Ich bin ganz zufrieden mit meiner Führung, auch wenn sie improvisiert war.

»Das geht auf mich, vergessen?« Milo zieht sein Portemonnaie aus der hinteren Hosentasche, doch ich schüttele den Kopf. »Nee, es ist das Mindeste, dass ich dich zum Eis einlade!« Ich lege einen Zehneuroschein auf den Tresen. »Als Wiedergutmachung.«

Milo schiebt das Portemonnaie zurück. »Na gut. Aber nächstes Mal bin ich dran – also, falls du noch mal mit mir hierhergehen möchtest.«

Ich gebe ihm einen leichten Klaps auf den Oberarm. »Jetzt hör mal auf. Wie oft soll ich mich denn noch entschuldigen?«

»Sorry, wir vergessen das jetzt, okay?«

Dankbar nicke ich. Dann nehmen wir unsere Eistüten und setzen uns in den Hofgarten.

»Ich hoffe, jetzt weißt du ein bisschen besser über deine neue Heimat Bescheid.« Ich werfe Milo einen unsicheren Seitenblick zu. Der schiebt sich einen Löffel Stracciatella-

eis in den Mund und nickt. »Auf jeden Fall, vielen Dank!«
Dann beugt er sich zu mir herüber und flüstert mir zu:
»Aber dass das hier das beste Eis der Stadt sein soll, kann
ich nicht wirklich glauben.«

Ungläubig halte ich in der Bewegung inne. Eis tropft
auf meine Hose. »Es ist sogar *mit Abstand* das beste Eis
hier«, stammele ich. Was um Himmels willen ist er denn
aus Hamburg gewohnt?

Milo wirft lachend den Kopf in den Nacken. »Keine
Sorge, es ist schon sehr lecker. Aber eben ein wenig … alt-
backen. Weißt du, meine Mutter experimentiert total gerne
in der Küche herum und macht unter anderem selber Eis.
Und das ist unschlagbar. Sie macht dann Sorten wie Gurke-
Limette oder Schwarzer Sesam. Ganz besonders mag ich
ihr Mandeleis. Wenn du magst, bringe ich dir nächstes Mal
welches rüber, dann kannst du selber testen und entscheiden, welches Eis besser ist.«

Mühsam kratze ich das Eis von meiner Hose. Klar, dass
es Schoko war und der Fleck nicht rausgeht. »Das klingt
in der Tat super. Das probiere ich gerne mal. Meine Mutter macht so was nicht. Kommst du denn gut mit deinen
Eltern aus?«

Milo nickt. »Ja, ich denke schon. Das mit dem Umzug hierher war blöd, da haben wir viel gestritten, weil
ich nicht von zu Hause wegwollte. Wegen meinen Freunden und …«, er dreht das schwarze Lederband, das er um
den linken Arm trägt, hin und her, »na ja, wegen meinen
Freunden halt.«

Er atmet tief ein. »Aber es ging nun mal nicht anders.

Mein Vater hat hier diesen Wahnsinnsjob angeboten bekommen, und das Haus, das wir gekauft haben, ist ja auch
toll. Nette Nachbarn gibt es auch, also wird das schon werden hier. Hoffe ich zumindest.« Er zwinkert mir zu, und
meine Ohren beginnen zu brennen. *Nette Nachbarn.* Damit bin ja wohl ich gemeint. Ich freue mich über das Lob,
bin aber gleichzeitig auch peinlich berührt. Weil der Tag
so schlecht angefangen hat und ich mich so dämlich an-
gestellt habe. Und außerdem, weil vermutlich noch kein
Junge zu mir gesagt hat, dass ich nett bin. Prompt geht
mir meine eh nicht sonderlich ausgeprägte Schlagfertig-
keit flöten, und ich kann nur blöd lächeln.

»Und du?«, fragt Milo irgendwann, weil ich es ja nicht
auf die Reihe kriege, etwas zu sagen. »Wohnst du schon
immer hier?«

Ich nicke und bin froh, dass wir das Thema wechseln.
»Ja. Meine Eltern sind auch schon hier geboren. Meine
ganze Familie ist von hier. Nur meine Tante ist vor ein paar
Jahren aufs Land gezogen. Die hat einen alten Bauernhof
gekauft und renoviert. Wir wohnen schon immer in dem-
selben Haus, meine Freunde sind alle hier. Das klingt total
langweilig, aber mir geht es damit ganz gut.«

Milo schaut mich über seine Eiswaffel hinweg an. »Erzähl mir doch ein wenig von deinen Freunden. Nur wenn
du magst, natürlich.«

Ich glaube, er ist immer noch von meinem Verhalten
vorhin irritiert, darum ist er mit allem, was er sagt, so
vorsichtig.

»Klar«, antworte ich. »Meine beste Freundin ist Meral,

die kenne ich schon immer, also seit dem Kindergarten. Wir haben schon ganz viel zusammen erlebt. Sie weiß alles über mich, glaube ich.« Na ja, bis vor Kurzem zumindest, denke ich beschämt. Doch inzwischen habe ich ein totales Lügenkonstrukt um mich herum aufgebaut. Eine gute Freundin bin ich im Moment wohl nicht. Schnell schiebe ich diesen Gedanken beiseite. »Tja, und dann ist da noch Joey, die neuerdings darauf besteht, nur noch Joe genannt zu werden. Sie ist auch toll, ein wenig durchgeknallt, aber lieb. Das sind meine zwei wichtigsten Freundinnen. Dann bin ich noch mit ein paar Mädels vom Basketball befreundet. Ich bin in der Basketball-AG, weißt du?«

Milo nickt anerkennend. »Cool! Und …« Er sieht mich lange an. So lange, dass mir ganz heiß wird. »Gibt es auch einen … Freund?«, fragt er vorsichtig.

Reflexartig schüttele ich den Kopf. Und weil das gerade ein heikles Thema für mich ist, spiele ich den Ball schnell zurück. »Und bei dir?«

Wieder dreht er sein Lederarmband im Kreis. »Nun, es gab da jemanden. Aber dann … haben sich unsere Wege getrennt.«

»Oh«, mache ich. Ich kann seinem Blick nicht standhalten und konzentriere mich auf das Auskratzen meiner Eiswaffel. »Wegen des Umzugs, ja? Das muss blöd sein, wenn man so weit voneinander entfernt lebt.« Oh Mann, die ganze Situation ist furchtbar. Ich fühle mich gefangen in meiner eigenen Lügengeschichte, gleichzeitig ist mir das ganze Thema dermaßen unangenehm, dass ich eigentlich nur noch wegwill. Kratz, kratz, kratz. Irgendwo hier muss noch ein kleiner Rest Eis sein, den ich auslöffeln kann, bitte!

»Nein, nicht wegen des Umzugs«, sagt Milo. »Eher wegen einem anderen.«

Der Arme! Nicht nur, dass er umziehen musste, dann hat ihn seine Freundin auch noch betrogen. »Das ... tut mir leid.«

»Ach, schon gut.« Er macht eine wegwerfende Handbewegung. »Reden wir lieber von was anderem. Welchen Film hast du zuletzt im Kino gesehen?«

Ich atme auf, dankbar über den Themenwechsel. Dabei hätte ich schon gerne mehr über seine Exfreundin erfahren. Aber ich will ihn nicht drängen. Daher berichte ich lachend von dem schlechten Film, den ich gestern Nachmittag mit den Mädels gesehen habe. Und so kommen wir vom Hundertsten ins Tausendste, bis wir irgendwann beschließen, nach Hause zu gehen. Mittlerweile ist es schon zwei Uhr nachmittags. Wahnsinn! Wir waren vier Stunden zusammen unterwegs, und die Zeit ist nur so verflogen.

»Danke für den netten Tag!« Milo lehnt an seiner Gartentür.

»Sehr gerne! Und entschuldige noch mal.« Zerknirscht schaue ich zu Boden.

»Schon vergessen. Bis bald, ja?« Er öffnet das Tor.

»Klar, bis bald!« Vor mich hin lächelnd, betrete ich unseren Garten. Noch einmal schaue ich zu Milo hinüber, und mein Blick trifft prompt auf seinen. Ich muss grinsen, und dieses Grinsen bleibt auch noch auf meinem Gesicht, als ich längst die Haustür hinter mir zugezogen habe.

11. Kapitel

Nachdem mein letzter angeblicher Brief von Valentin ja wegen des Fotos von Auf-einmal-berühmt-Taylor nicht zum Einsatz kam, wird es höchste Zeit, dass ich meinen Freundinnen mal wieder ein Lebenszeichen von ihm präsentiere. Auf ein neues Foto verzichte ich lieber, um die Erinnerung an Taylor nicht zu wecken. Also bleibt es bei einem kurzen Gruß samt einer süßen Karte, die ich in dem Lädchen mit den Herzbonbons gefunden habe:

Liebe Lynn,
heute sende ich dir mal wieder ein paar Zeilen aus Hamburg. Ich denke ständig an dich und unsere schöne, aber viel zu kurze gemeinsame Zeit. Wie gerne wäre ich bei dir! Aber wir sehen uns im Herbst, das verspreche ich dir. Bis dahin telefonieren wir einfach so oft es geht.
Ich habe dich sehr lieb,
dein Tino

Damit bin ich ganz zufrieden. Bis zu den Herbstferien ist ja noch Zeit. Irgendwann vorher muss ich eine Trennung inszenieren. Einen genauen Plan habe ich noch nicht, aber natürlich werde *ich* mit Valentin Schluss machen. Ich möchte schließlich nicht die Erste von uns sein, die von ihrem Freund verlassen wird. Das ist ja beinah noch schlimmer, als der einzige Single zu sein. Daher werde ich wohl einfach die Entfernung zum Anlass nehmen, um die Sache zu beenden.

Aber erst mal koste ich meine ach so traumhafte Beziehung aus. Meral und Joe sind immer ganz gerührt von all den Geschichten, die ich ihnen auftische: heimliche nächtliche Telefonate, süße Liebeserklärungen und Ähnliches.

Nächste Woche werde ich mir endlich das Päckchen zukommen lassen. Dafür war ich schon einkaufen. Die Herzbonbons, ein Büchlein mit Liebessprüchen und natürlich wieder eine schöne Karte. Aber heute gibt es erst mal den kurzen Kartengruß.

Mit Meral und Joey bin ich später zum Minigolfspielen verabredet. Das machen wir total selten, dabei ist es immer lustig. Da Samstag ist und Luis' Schwimm-Camp beendet ist, werden wohl auch die Jungs dabei sein. Luis stört mich nicht, aber wenn ich an Moritz denke, verhagelt es mir die Laune. Irgendwie werde ich mit ihm nicht so richtig warm.

Um kurz vor zehn radele ich los, Valentins Karte in der Tasche. Die Minigolfbahn ist am anderen Ende des Stadtparks, und als ich ankomme, haben sich alle anderen schon vor der Kasse versammelt.

»Morgen!«, grüße ich in die Runde und schließe mein Fahrrad an.

»Heute!«, grüßt Moritz zurück. Oh Mann, schon wieder

so ein blöder Witz! Nicht mal Joey lacht darüber. Also ignoriere ich Moritz und drücke meinen Freundinnen einen Kuss auf die Wange. Wenigstens Luis begrüßt mich normal und scheint sich zu freuen, mich zu sehen.

Wir holen uns Schläger und starten auf Bahn 1. Obwohl Meral, Joey und mir Minigolf Spaß macht, sind wir alle recht untalentiert. Das macht's wahrscheinlich zu so einem lustigen Erlebnis. Normalerweise. Heute ist es irgendwie anders. Luis ist wirklich ehrgeizig bei der Sache und spielt ganz verbissen. Moritz nimmt das Spiel auch ziemlich ernst und kommentiert jeden Fehlschlag von den anderen. Und da gibt es eine ganze Menge zu kommentieren ... Richtiger Spielspaß will da nicht aufkommen. Außerdem sind wir Mädels abgelenkt. Schon bei Bahn 4 hole ich Tinos Brief raus.

»Oh, wie süß«, schwärmt Meral.

Und Joey sagt: »Du hast echt Glück, Lynni!« Sie tätschelt mir die Schulter.

»Joe! Du bist dran!«, kräht Moritz da von hinten.

Joey wirft ihm einen finsteren Blick zu und trottet zur Bahn, wo sie den Schläger nur lustlos schwingt und prompt den Ball nicht trifft.

»Boah, ich glaube, ich habe Tinnitus in den Augen«, kommentiert Moritz diesen Fehlversuch seiner Freundin. »Ich sehe nur Pfeifen.«

Daraufhin lässt Joey ihren Schläger fallen, stemmt die Hände in die Hüften und motzt ihn an: »Noch ein Spruch, und ich gehe! Wir sind hier, um Spaß zu haben. Das ist kein ernst gemeinter Wettkampf.«

Moritz begreift den Ernst der Lage noch immer nicht. Er sieht Beifall heischend in die Runde. »Also, ich nehme das hier sehr ernst.«

Nun packt Joe ihn am Arm und zieht ihn an die Seite, wo die beiden leise miteinander streiten. Nanu? Eine Gewitterwolke über dem Paradies? Dabei haben die beiden sich doch erst vor ein paar Tagen wieder vertragen.

Auch Meral sieht mich ratlos an. »Au weia, da ist Moritz wohl zu weit gegangen. Das lässt sie sich nicht gefallen.«

»Zu Recht«, stehe ich Joe bei.

Luis schaut unsicher zwischen uns hin und her. »Ich hole uns mal was zu trinken, ja?«

»Spielt ihr noch?«, fragt die Gruppe, die nach uns dran ist, und wir lassen sie vor.

»Ich fand ja gleich, dass Moritz ein komischer Typ ist«, sage ich, während ich Joe und Moritz weiter beobachte. Joey artikuliert gerade wild mit den Armen.

»Na ja, wirklich toll fand ich ihn auch nie«, gibt Meral endlich zu. »So hundertprozentig passen die beiden vielleicht doch nicht zusammen. Aber Streit kann es natürlich immer mal geben in einer Beziehung. Hatten Luis und ich ja auch schon. Ihr nicht?«

»Nö, eigentlich nicht«, antworte ich und beschließe, dass der erste Streit zwischen Valentin und mir noch sehr lange auf sich warten lassen wird.

Eine Viertelstunde später haben Joe und Moritz sich wieder zusammengerauft, auch wenn die Stimmung zwischen ihnen angespannt bleibt. Außerdem hat Joe beschlossen, dass sie die Runde nicht zu Ende spielen will. Meral und ich stehen ihr natürlich bei. Aber die beiden Jungs möchten das Spiel gerne noch beenden. Also steuern wir Mädchen einen der Tische an, die neben dem Verkaufshäuschen stehen, um dort zu warten, bis die beiden fertig sind.

»Alles wieder okay bei euch?«, fragt Meral besorgt, als wir außer Hörweite sind.

Joey lacht laut, aber ich kenne sie gut genug, um zu wissen, dass dieses Lachen nicht von Herzen kommt. »Ja, ja, ihr kennt mich doch, ich bin immer recht impulsiv. Und Moritz greift eben manchmal ein wenig daneben.« Sie winkt ab, und es wirkt, als wolle sie weitere Nachfragen unterbinden. »Genug davon. Du hast jedenfalls eine total süße Karte bekommen, Lynn, das finde ich toll. Hast du Valentin schon geantwortet?«

»Nein, die kam ja erst gestern an.« Ich kann es nicht verhindern, dass ich rot anlaufe.

»Ich finde, du solltest dir auch mal was Nettes für Valentin überlegen«, sagt Joey und kratzt sich nachdenklich am Kinn. »Hast du ihm denn das Foto von neulich geschickt, das ich für dich bearbeitet habe?«

»Ähm, nein«, sage ich und suche nach einer Ausrede. Wie dumm von mir, wieso habe ich nicht einfach Ja gesagt? »Ich habe es aus Versehen gelöscht.« Total blöde Ausrede, denn versehentlich gelöschte Fotos kann man doch irgendwie wiederherstellen.

Joe zieht ihr Handy aus der Hosentasche. »Ich hab's noch. Warte, ich schicke es dir einfach noch mal. Oder hat's dir nicht gefallen? Wir können auch schnell ein neues machen.«

»Nein«, wehre ich ab. »Alles gut. Ja, schick's mir einfach, dann leite ich es nachher an Tino weiter. Danke.«

»Ach was, wieso warten? Schick's ihm jetzt gleich, los!«, fordert Joey mich auf.

Gerade will ich sagen, dass ich mein Handy vergessen habe, da piepst es schon in meiner Tasche. Joes Nachricht mit dem Foto ist angekommen und verrät mich prompt.

Mit spitzen Fingern hole ich mein Handy heraus. Ich tue einfach so, als würde ich Valentin das Bild schicken. Aber nichts da: Joe und Meral schauen mir über die Schultern und beobachten ganz genau, was ich tue. Mist, und jetzt? Natürlich habe ich nicht daran gedacht, Valentin mit einer fiktiven Telefonnummer abzuspeichern. Es hilft nichts, ich muss dieses verdammte Foto abschicken. Nur: an wen? Ich kann es ja schlecht an meine Mutter schicken, denn die taucht in meinem Adressbuch als »Mom« auf. Das würden sie merken.

Dann kommt mir die rettende Idee! Tine! Papas Schwester. Der Name könnte ähnlich genug sein. Erkennt man vielleicht im Sonnenlicht auch nicht so genau, ob der auf -e oder -o endet. Kurz entschlossen sende ich das »I miss you«-Foto an meine Tante und schäme mich ein bisschen. So was würde ich niemals an meine Tante schicken, aber ich werde das nachher klären und sie anrufen.

»Oh, er hat die Nachricht schon gelesen!«, freut sich Meral und deutet auf mein Handy. Gelesen: 11:15, steht da. Und sofort taucht unter meinem Foto eine kleine graue Blase mit Pünktchen auf. Oh nein, Tine antwortet sofort! Dabei hat sie ihr Handy tagsüber nur selten an, weil sie da zwischen ihren Tieren herumläuft und den Bauernhof auf Vordermann bringt.

»Er antwortet auch sofort!«, stellt Joe nun fest, hält meine Hand mit dem Handy aufgeregt fest und lässt das Display keine Sekunde aus den Augen.

Schweiß tritt mir auf die Stirn. Hoffentlich schreibt Tine nichts, was mich entlarvt! Ein paar Sekunden, die endlos erscheinen, später ploppt eine Nachricht auf: »Danke, mein Schatz, das ist lieb! Liege gerade mit einem verstauchten Fuß flach.«

Puh! Die Antwort hätte schlimmer ausfallen können.

Meral sieht mich entgeistert an: »Verstauchung? Das hast du gar nicht erzählt. Der Arme!«

»Oh, das wusste ich auch nicht.« Ich räuspere mich. »Valentin hatte gestern noch Training, da hat er sich wohl verletzt.«

»Ruf ihn doch eben an!«, fordert Joe, und Meral nickt heftig.

Aber ich stecke mein Handy in die Tasche zurück. »Nein. Ich rufe später ganz in Ruhe an.« Das sage ich so bestimmt, dass keine Widerrede erfolgt. Glücklicherweise sind Luis und Moritz auch mit ihrem Spiel fertig. Luis hat gewonnen, was dafür sorgt, dass Moritz endlich mal kleinlaut ist.

Heute bin ich ausnahmsweise ganz froh, als sich unsere Gruppe bald danach auflöst. Luis und Meral wollen noch shoppen gehen, Moritz und Joey gehen in den Park, und ich mach mich einfach auf den Heimweg. Das war mir genug Aufregung für einen Vormittag.

12. Kapitel

»Wir haben einen Spitzenplan!« Meral hibbelt aufgeregt hin und her.

Die letzte Ferienwoche ist angebrochen, und wir verbringen so viel Zeit wie möglich zusammen. Heute sitzen wir bei Joey zu Hause, Moritz und Luis kommen später auch noch vorbei. Je näher dieser Moment kommt, umso krampfhafter suche ich nach einer Ausrede, um zeitnah verschwinden zu können. Bisher ist mir aber noch nichts eingefallen. Mist!

»Es ist der beste Plan aller Zeiten«, sagt Joey, während sie durch die Küche läuft und wild gestikuliert. »Wir drei«, sie macht mit dem Zeigefinger eine kreisende Bewegung um unsere Köpfe, »fahren nach … HAMBURG!« Sie klatscht in die Hände, und Meral stimmt mit ein.

Was hat sie da gesagt? Was zur Hölle haben die beiden sich ausgedacht?

Meral sieht mir meine Verwirrung an. »Also«, beginnt sie zu erklären, »wir fahren Samstag früh los und kommen Sonntagnachmittag zurück. Anderthalb Tage. Wie klingt das?« Als eine Reaktion meinerseits ausbleibt, fährt sie fort: »Dann kannst du Valentin endlich wiedersehen und musst nicht bis zu den Herbstferien warten. Ist das nicht toll?«

»Und außerdem lernen wir deinen Traumboy endlich mal kennen!«, fällt ihr Joey ins Wort. »Ein kleiner, aber äußerst willkommener Nebeneffekt. Sollen wir ihn mit unserem Besuch überraschen, oder willst du ihn gleich anrufen?«

»Ähm«, stottere ich und suche vergeblich nach einer Ausrede. Ein erbärmliches »Das geht nicht« ist alles, was ich über die Lippen bringe, während mein Gehirn auf Hochtouren arbeitet. Langsam nerven mich all diese Ausreden, die ich immer spontan erfinden muss!

»Doch, doch, doch, das geht.« Joey setzt sich neben Meral und legt ihr den Arm um die Schultern. Dann erklärt sie: »Deine beiden besten Freundinnen – die allerbesten Freundinnen, die man nur haben kann – haben alles geklärt. Meine Mutter hat einen Termin in Hamburg und nimmt uns einfach im Auto mit. Ich komme in ihrem Hotelzimmer unter, für dich und Meral bucht sie dann noch ein Doppelzimmer.«

Sprachlos sehe ich die beiden an, sie platzen beinah vor Stolz und Vorfreude. Zweifelsohne die besten Freundinnen, die man sich wünschen kann, wenn man denn einen Freund in Hamburg hätte, den man besuchen wollte.

»Aber … aber …«, stottere ich, noch immer um eine Ausrede verlegen.

»Auch mit deinen Eltern habe ich schon telefoniert«, fährt Meral fort. »Sie sind einverstanden. Meine Mutter ist ja als Begleitperson dabei. Es gibt kein Aber! In drei

Tagen fahren wir los!« Wie sie strahlt, oh Mann, mir wird ganz anders. Schnell spiele ich meine Möglichkeiten im Kopf durch:

- Familienfest am Nordpol vortäuschen – nein. Sie haben ja bereits mit meinen Eltern telefoniert und wissen, dass ich Zeit habe. Was zur Hölle haben sie meinen Eltern erzählt? Wissen die jetzt, dass ich einen Freund in Hamburg habe?
- Am Wochenende eine Krankheit vortäuschen – nicht schlecht. Aber bis dahin hat Joeys Mutter sicher das zweite Zimmer gebucht, und das kostet dann bestimmt Geld, selbst wenn man stornieren kann. Außerdem haben mir meine Eltern noch nie eine gespielte Krankheit abgekauft.
- Endlich die Wahrheit sagen – ganz und gar ausgeschlossen. Wie würden die beiden reagieren, wenn sie wüssten, dass ich sie seit zwei Wochen belüge? Dann wäre ich nicht nur meinen imaginären Freund los, sondern auch gleich noch meine zwei besten Freundinnen.
- Eine spontane Trennung von Valentin – nicht schlecht! Vielleicht etwas abrupt, aber ich könnte das ja schon mal vorbereiten.

»Ich befürchte, es geht nicht«, wiederhole ich also schweren Herzens. »Valentin und ich haben Stress. Ich weiß nicht, ob das mit uns noch lange gut geht.«

Die nächsten Sekunden fühlen sich an, als wäre die Zeit stehen geblieben. Meral und Joey ist alle Freude aus dem

Gesicht gefallen. Sie sitzen nur da und starren mich völlig entgeistert an.

Joey findet als Erste die Sprache wieder. »Warum? Was ist denn los?«

Nun erhebt sich Meral, schiebt sich neben mich auf die Bank und nimmt mich fest in den Arm. »Oh, das tut mir so leid, Süße. Wie geht's dir damit? Was ist da überhaupt passiert?«

Joey seufzt. »Ich schicke erst mal Moritz eine SMS, dass er nicht kommen soll. Jungs können wir hier jetzt nicht gebrauchen. Dann hole ich uns Getränke, wir hauen uns auf mein Bett, und du redest dir den ganzen Kummer von der Seele, okay?« Sie schnappt sich ihr Handy und tippt wild drauflos. Auch Meral sagt Luis ab. Das gibt mir ein wenig Zeit, über meine »Beziehungsprobleme« nachzudenken. Ich muss an Milo denken, dessen Exfreundin ihn mit einem anderen betrogen hat. Obwohl ich nichts weiter darüber weiß, reicht mir das als Aufhänger. Deshalb fange ich kurz darauf in Joeys Zimmer an zu erzählen: »Ihr wisst ja, dass es von Anfang an schwierig mit uns war. Wir kannten uns kaum, als wir schon wieder auseinandergerissen wurden. Telefonate und Briefe können echtes Beisammensein eben nicht ersetzen. Und dann hat Valentin in Hamburg dieses andere Mädchen wiedergetroffen.«

Meine Freundinnen sehen mich fassungslos an. »Das verstehe ich nicht«, sagt Joey. »Er ist doch ganz hin und weg von dir, hat dir Blumen geschickt und Briefe. Wieso interessiert ihn denn plötzlich ein anderes Mädchen?«

Ein theatralischer Seufzer meinerseits, der mir Zeit zum

Denken gibt. »Er kannte dieses Mädchen schon vor mir.«
Ich lasse meinen Blick durch den Raum schweifen und
bleibe an Joes Bücherregal hängen. Rasch fliegen meine
Augen über die Buchrücken, bis ich einen weiblichen Namen gefunden habe. »Sie heißt Despina.« Herrje, dass mir
kein besserer Name einfallen kann als ausgerechnet der
dieser neuen Superautorin! Aber Joey Bücherregal ist voll
mit ihren Büchern und mein Gehirn irgendwie überfordert.

»Hä? Was ist denn das für ein Name? Wo kommt sie
denn her?« Joey schaut mich skeptisch an.

Kalter Schweiß bildet sich auf meiner Stirn. Ausreden,
immer mehr Ausreden und Lügen. Ich versuche, meinen
Herzschlag zu beruhigen. »Ach, ihr Vater ist Amerikaner.
Deshalb war sie auch eine Weile nicht in Deutschland.
Valentin und Despina kennen sich, seit sie Kinder waren,
und waren schon immer irgendwie ineinander verliebt.
Despina und ihre Familie haben dann aber eine Weile in
den USA gelebt. Jetzt ist sie zurück, und die beiden haben sich vor ein paar Tagen wiedergetroffen. Valentin sagt,
dass ihn das alles nicht interessiert, aber ich ...«, ich senke
den Kopf und flüstere, »ich merke, dass er sich plötzlich
anders verhält. Ich erreiche ihn ganz oft nicht, und wenn
er doch mal rangeht, wirkt er irgendwie abwesend.«

Joey hat die Stirn gerunzelt. Meral schlingt wieder ihre
Arme um mich. »Oh nein, du Arme! Das ist furchtbar.«
Sie streichelt mir übers Haar, während ich versuche, so
traurig wie nur irgend möglich auszusehen.

»Ja, aber das ist doch nur ein Gefühl, Lynn!«, schaltet
sich Joey ein, und ich bin froh, dass die gerunzelte Stirn

nicht einem Fehler in meiner Geschichte zuzuschreiben ist, sondern ihren Gedanken an Valentin. »Du hast doch keinerlei Beweise dafür, dass er sich mit Despina trifft, oder?«

Ich hebe die Schultern und lasse sie schwer wieder fallen. »Nein, nicht wirklich.« Wieder gleiten meine Gedanken zu Milo. »Aber auf die Distanz und wenn man nur so wenig Zeit zusammen hat ...« Ein trauriger Dackelblick, der wirkt.

Eigentlich, das wird mir gerade bewusst, ist das, was hier gerade passiert, die perfekte Lösung! Mein imaginärer Freund könnte so schnell wieder weg vom Fenster sein, wie er gekommen ist. Ich wäre offiziell wieder Single, aber meine Freundinnen würden nicht auf die Idee kommen, mich in absehbarer Zeit noch einmal verkuppeln zu wollen. Liebeskummer und so. Ich wäre zwar wieder allein, würde aber sicher in den nächsten Wochen von Meral und Joe mit Samthandschuhen angefasst. So wie jetzt. Beide Mädels umarmen mich und streicheln mir den Rücken.

»Ich glaube, ihr solltet euch aussprechen«, sagt Joey irgendwann.

»Unbedingt«, pflichtet ihr Meral bei. »So einen Verdacht kann man doch nicht einfach ungeklärt im Raum stehen lassen.«

Ich nicke. »Versprochen, ich werde Valentin drauf ansprechen. Mir geht's ja auch nicht gut mit der Situation.«

Wir verbringen einen tollen Freundinnennachmittag zusammen, der mir richtig guttut. Die beiden trösten mich, bemühen sich, mich zum Lachen zu bringen, und sind einfach nur lieb. Und über Moritz und Luis wird nicht ein einziges Mal gesprochen.

13. Kapitel

Als ich am frühen Abend nach Hause laufe, zwickt mich dann doch das schlechte Gewissen. Eigentlich ist es ja selbstverständlich, dass man seine besten Freundinnen nicht anlügen darf. Das steht doch auf der imaginären Freundschafts-No-Go-Liste ganz oben.

Ich erinnere mich noch daran, wie Joey uns letztes Jahr über Wochen verheimlicht hat, dass sie sich bei der Theater-AG angemeldet hat. Meral und ich waren richtig wütend, dass sie uns das nicht erzählt hatte. Joey hat sich dann lang und breit entschuldigt. Sie wusste anfangs nicht, ob sie das mit der Schauspielerei überhaupt kann, und hatte Angst, dass wir zu hohe Erwartungen an sie haben könnten. Trotzdem waren Meral und ich wirklich verletzt wegen ihrem mangelnden Vertrauen in uns.

Wenn die beiden jetzt also wüssten, was *ich* ihnen vorspiele! Vermutlich würden sie mir ein für alle Mal die Freundschaft kündigen. Zu Recht. Ich habe das Gefühl, als würde Blei auf meinen Schultern liegen, so schlecht fühle ich mich. Ich meine, gut, die Sache mit Valentin wird in ein paar Tagen wieder vorbei sein. Das ist super. Trotzdem werde ich für immer mit der Schuld leben müssen,

dass ich meine Freundinnen angeschwindelt habe. Und
das nicht zu knapp …

Zu meiner gedrückten Stimmung passt das laute Lachen, das mich zu Hause erwartet, so gar nicht. Irritiert
bleibe ich in der Haustür stehen. Dieses Lachen kenne ich
gar nicht. Es gehört weder meiner Mutter noch einer ihrer Freundinnen oder meiner Oma. Ich schließe die Tür,
schleiche durch den Flur und luge ins Wohnzimmer hinein. Auf der Terrasse sitzen Leute, die ich nicht zuordnen kann.

»Hey, da bist du ja!«

Ich fahre zusammen und drehe mich um. Aus der Küche hinter mir kommt Milo mit einer Flasche Ketchup in
der Hand.

»Hallo, was machst du denn hier?« Langsam beruhigt
sich mein Puls.

»Spontanes Grillen unter Nachbarn.« Milo lächelt. »Unsere Mütter haben sich vorhin zufällig im Supermarkt getroffen. Und weil beide für einen Grillabend eingekauft
haben, haben sie beschlossen, dass wir einfach alle zusammen grillen. Es soll der wärmste Abend des Jahres
werden.«

»Oh«, mache ich. Das kommt jetzt wirklich überraschend.

Milo legt den Kopf schief. »Hattest du was anderes vor?«

»Äh, nein. Ich … hatte nur einen komischen Tag.«

»Echt? Warum?«

»Ach«, ich winke ab, »nichts Wildes.«

Milo zieht die Augenbrauen zusammen. Diese Augen,
diese himmelblauen Augen!

»Für *nichts Wildes* siehst du aber ganz schön mitgenommen aus.«

Mir wird bewusst, dass ich vorhin auch geweint habe. Weil ich ja wegen Valentin so traurig sein musste. Vielleicht sollte *ich* über eine Karriere in der Theater-AG nachdenken, denn das Weinen auf Knopfdruck hat erstaunlicherweise sehr gut funktioniert. Andererseits gelingt mir das Vortäuschen von Krankheiten nie. Vielleicht habe ich nur eine Teilbegabung.

Beschämt klopfe ich mir mit den Händen auf die Wangen. Wonach sieht es wohl aus? Ob Milo denkt, ich hätte Ärger mit einem Jungen? Irgendwas in mir will nicht, dass er das glaubt, also stelle ich klar: »Ich hatte einen richtig anstrengenden Nachmittag mit meinen Freundinnen. Aber alles gut, ehrlich! Mädchenkram.«

»Na, dann will ich dir das mal glauben.« Jetzt lächelt er wieder, und seine Augen blitzen. »Setzt du dich zu uns? Du hast doch bestimmt auch Hunger, oder?«

»Ja, klar!« Ich versuche, so unbeschwert wie möglich zu lachen, und bemühe mich, all die blöden Gedanken vom Heimweg wegzuschieben. »Pass auf, ich gehe kurz nach oben und mache mich frisch, dann komme ich dazu, okay?«

»Großartig! Es ist ja schön, dass unsere Eltern sich so super verstehen, aber ihre Gespräche sind echt sterbenslangweilig! Bis gleich also.« Er zwinkert mir zu. Als er sich schon zum Gehen wendet, rufe ich: »Hey!«

Erschrocken fährt er herum. Seine Miene ist wie versteinert. »Ja?«, fragt er.

Ich hebe einen Finger in die Höhe. »Iss mir nicht alle Würstchen weg!«

Erleichtert atmet er auf und lacht dann. »Die meisten Würstchen verputzen derzeit dein kleiner Bruder und mein Hund. Aber keine Sorge, ich reserviere dir ein paar.«

Ich hüpfe die Treppen hinauf, wasche mir im Bad mein Gesicht und ziehe ein frisches T-Shirt an. Ich wähle das neue, das ich noch nie getragen habe, weil Joey es mir letzte Woche beim Shoppen aufgeschwatzt hat. Irgendwie hatte ich das Gefühl, dass es mit dem U-Boot-Ausschnitt etwas zu gewagt sein könnte, aber jetzt möchte ich es trotzdem gerne anziehen, auch wenn ich mich ein klitzekleines bisschen komisch darin fühle. Doch ein Blick in den Spiegel bestätigt mir, was Joey schon im Klamottenladen gesagt hat: »Sieht richtig super aus!« Und so flitze ich wieder treppab und geselle mich zu den anderen, die sich um unseren Terrassentisch versammelt haben.

Milos Eltern mag ich auf Anhieb. Sie sind ganz anders als meine Eltern, viel moderner und cooler. Milos Papa zum Beispiel trägt total lässige Klamotten, die ebenso gut von Milo sein könnten. Ob die sich ihre Klamotten manchmal gegenseitig leihen? Milos Mutter hat eine schicke Frisur, trägt hautenge Jeans und dazu eine Bluse mit abgefahrenem Muster. Nicht dass meine Eltern in Omaklamotten rumlaufen würden, aber so modisch sind sie nicht. Eher praktisch und zeitlos.

Alle begrüßen mich freudig. Papa schaufelt mir Würstchen und Grillkäse auf den Teller, Milos Mutter hat einen sagenhaften Kartoffelsalat gemacht, und schon nach kürzester Zeit habe ich das Gefühl, aus allen Nähten zu platzen. Benny spielt mit Django auf dem Rasen. Unsere Eltern sind in ein Gespräch über irgendeinen umstrittenen Kinofilm vertieft, sodass Milo und ich einander immer wieder belustigte Blicke zuwerfen. Wirklich mitreden können und wollen wir nicht.

»Sollen wir …« Milo sieht sich um. Es gibt keinen anderen Ort, an dem wir uns aufhalten können, außer unserer Hängematte, die zwischen den beiden Kirschbäumen hängt. Aber das geht natürlich nicht, weil viel zu eng für uns beide.

Milo zuckt mit der Schulter. »Tja, vielleicht gehen wir mit dem Hund Gassi?«

»Das würde Benny aber unglücklich machen.« Wir schauen gleichzeitig zu Ben und Django, die unermüdlich miteinander rumtollen.

»Komm, dann zeige ich dir einfach unseren Garten«, schlägt Milo vor, und ich folge ihm aus unserem Haus heraus, auf die Straße und rein in das Haus der Nowacks. Auch hier sieht es ganz anders aus als bei uns, obwohl die Häuser ja baugleich sind. Aber bei den Nowacks hat man das Gefühl, dass man in einen hochmodernen und todschicken Einrichtungskatalog gefallen ist. Dunkelgraue Wände, schneeweiße Türen und Türrahmen, moderne Zeichnungen in schlichten Rahmen – richtig toll. Viel Zeit habe ich nicht, die Einrichtung zu bewundern, denn Milo führt mich direkt in den Garten. Auch hier: schicke graue Loungemöbel anstelle ausgeblichener Plastikgartenmöbel. Und mitten auf dem Rasen, an der Stelle,

wo bei uns die Buddelkiste und das Kletterhäuschen für
Ben stehen, steht hier eine riesige hölzerne Liege.

»Wow«, ist alles, was ich rausbringe.

»Das ist die XXL-Relaxliege, die mein Vater zum Einzug unbedingt haben wollte. Heute wurde sie endlich ge-
liefert.« Milo lacht. Er lacht überhaupt sehr oft, ich mag
das. »Meine Mutter findet sie schrecklich, aber leg dich
mal drauf, das ist superbequem.«

Die Relaxliege ist geschwungen und passt sich perfekt
der Form meines Körpers an. Sofort fühle ich mich entspannt. Die Liege ist beinah so breit wie das Bett meiner
Eltern, sodass Milo sich dazulegen kann, ohne dass wir
uns berühren. Trotzdem wird mir wegen seiner Nähe ein
wenig schwindelig. Gut, dass ich liege.

»Und?«

Ich drehe Milo meinen Kopf zu. »Was?«

»Die Liege?«

»Super!« Ich seufze laut, schließe die Augen und halte
mein Gesicht der Sonne entgegen, die schon ziemlich tief
am Himmel steht.

»Finde ich auch. Aber wirklich hübsch ist das Ding
nicht. Meine Mutter überlegt, sie noch zu lackieren.«

Eine Weile sagen wir nichts. Irgendwann öffne ich die
Augen und schaue mich um. Logisch, man sieht unser
Haus von hier aus und natürlich auch mein Fenster. Meinen Vorhang, der seit dem Einzug der Nowacks verschlos-
sen ist. Schnell schiebe ich den Gedanken an Milos und
meine erste Begegnung beiseite. Überhaupt gab es schon
reichlich viele peinliche Begegnungen zwischen uns.

Vorsichtig werfe ich ihm einen Blick zu. Er hat die Augen noch geschlossen und sieht sehr friedlich und entspannt aus. Doch er spürt, dass ich ihn mustere, und öffnet sein rechtes Auge. Dann stützt er sich auf die Ellenbogen. »Also, erzählst du mir noch, wieso du einen komischen Freundinnentag hattest?«

»Ach, es ist eben nicht so leicht, wenn deine zwei besten Freundinnen plötzlich verliebt sind und Freunde haben. Das sorgt manchmal für etwas … nun ja … Kuddelmuddel.« Vielmehr sorgen meine Lügen für das Kuddelmuddel, aber das behalte ich besser für mich.

»Verstehe.« Milo mustert mich und wartet anscheinend darauf, dass ich weitererzähle.

»Als wir aus dem Urlaub zurückgekommen sind, war hier plötzlich alles anders. Meral und Joey reden seitdem nur noch von Moritz und Luis.« Mein linker Mundwinkel zieht sich nach unten, ohne dass ich etwas dagegen tun könnte.

Milo nickt mitfühlend. »Ich kenne das gut. Mein bester Freund Micha hatte auch eine ganze Weile vor mir eine Freundin und mit einem Mal keine Zeit mehr für mich. Das hat mich damals tierisch verletzt. Da kennt man sich, seit man zusammen in den Kindergarten gekommen ist, weiß alles voneinander, und dann ist ein Mädchen plötzlich wichtiger als alles andere.«

»Ganz genau!« Es tut gut, dass jemand weiß, wie es mir geht, dass mich jemand versteht. Ich fühle mich gleich ein wenig leichter. Dann fällt mir aber natürlich sofort ein, was Milo neulich erzählt hatte und was ich heute für meine große Lügengeschichte verwendet habe: »Aber du hattest doch auch eine Freundin. Was ist denn damals passiert?« Ich stocke kurz. »Oder willst du das nicht erzählen?«

Sein Blick schweift in die Ferne. Unwillkürlich greift er wieder nach seinem schwarzen Lederarmband. »Ja, aber erst ein halbes Jahr später.«

Mehr sagt er nicht. Ich nehme all meinen Mut zusammen und frage nach, was damals passiert ist.

Stockend beginnt Milo zu erzählen: »Micha war schon eine ganze Weile mit Lena zusammen. Über die habe ich irgendwann Selma kennengelernt. Wir haben uns gesehen, und es hat sofort *wusch* gemacht. Bei uns beiden. Am nächsten Tag waren wir dann schon zusammen. Selma war ganz anders als die Mädchen aus meiner Klasse. Viel lässiger und gar nicht so zickig und rosarot wie alle anderen. Das fand ich toll. Na ja, und dann waren wir eben immer zu viert unterwegs. Das war super, weil Micha und ich dann auch wieder mehr Zeit zusammen verbracht haben. Es war wirklich eine coole Zeit. Bis …« Er dreht das Armband wieder und wieder, spricht aber nicht weiter. An den Falten, die plötzlich auf seiner Stirn auftauchen, erkenne ich seinen Schmerz.

Mein Herz wird schwer, so sehr leide ich mit ihm mit. Mitfühlend schaue ich ihn an, doch er weicht meinem Blick aus, betrachtet immer nur sein Armband. Da ich nicht weiß, was ich sagen soll, warte ich einfach ab.

Nach ein paar Minuten, in denen wir nichts hören außer den letzten zwitschernden Vögeln, die noch nicht schlafen gegangen sind, und unseren lachenden Eltern nebenan, fährt er mit gedämpfter Stimme fort: »Wir waren auf einer Party im Jugendhaus. Micha hatte Streit mit Lena, und Selma hat ihn getröstet.« Er schnaubt voller Wut. Sein Mund verzieht sich. »So sehr getröstet, dass ich die beiden knutschend im Hof gefunden habe.« Seine Hände sind zu Fäusten geballt, sein ganzer Körper ist angespannt. »Sie waren plötzlich einfach weg, weißt du? Da waren noch ein paar Leute aus unserer Schule, mit denen ich zusammenstand und geredet habe. Irgendwann sagte ein Typ aus der Nachbarklasse, dass ich besser mal draußen nach meiner Freundin gucken sollte.« Milo starrt vor sich hin. »Ich bin sofort raus, weil ich dachte, es wäre etwas passiert. Erst konnte ich sie gar nicht finden. Hinter einer Hausecke stand sie dann, Arm in Arm mit meinem ach so besten Freund. Ihre Zunge in seinem Rachen.« Er schleudert mir die Worte voller Wucht vor die Füße, dass es beinah wehtut.

Die Geschichte erschlägt mich. Wieder denke ich an meine imaginäre No-Go-Liste. Dem besten Freund oder der besten Freundin den Freund ausspannen, steht da ganz oben. »Das ist total heftig«, flüstere ich.

Milo nickt langsam. Er sieht mich an, und seine Augen, die sonst immer so strahlen, sind nun ganz trüb.

»Wann war das?«, frage ich leise.

Langsam beruhigt er sich, ich sehe, wie seine Schultern sich entspannen. Sehr viel ruhiger erzählt er: »Kurz bevor wir hergezogen sind, war das. Ich habe mich davor monatelang gegen den Umzug gesträubt – also, als noch alles in Ordnung war. Meine Eltern und ich hatten Kämpfe, das kannst du dir nicht vorstellen. Klar, ich hätte meine

Freundin und meinen besten Freund zurücklassen müssen. Das hätte auf die Distanz alles nicht funktioniert. Aber dann hatte ich mit einem Schlag beide auf einmal verloren. Gleich am nächsten Tag habe ich meinen Eltern gesagt, dass ich so schnell wie möglich umziehen will.«

»Hast du denn mit Micha und Selma gar nicht noch mal geredet?«

»Doch, klar. An dem Abend nicht mehr, da war ich zu geflasht. Da bin ich einfach nur abgehauen und stundenlang durch die Stadt gerannt. Am nächsten Morgen hat Micha bei mir angerufen, um sich zu entschuldigen. Aber was gibt es da schon zu entschuldigen? So was ist unverzeihlich.«

Unsere Blicke treffen sich. »Hätte es denn gar keine Möglichkeit gegeben, dass ihr euch wieder vertragt? Immerhin war er doch dein bester Freund. Und jeder macht mal Fehler, oder nicht?«

Milos Lippen kräuseln sich. »Vielleicht schon. Aber dann habe ich Selma angerufen. Weil ich das alles irgendwie verstehen wollte. Wir fanden uns so toll, als wir uns kennengelernt haben, und hatten so viel Spaß zusammen. Sie hat mir immer wieder gesagt, dass sie in mich verliebt ist, verdammt! Ich konnte einfach nicht begreifen, wieso sie das getan hat.« Er atmet tief ein. »Nach Stunden habe ich sie endlich erreicht. Sie hatte offenbar keinen Redebedarf. Und statt zu versuchen, irgendwas zu retten, hat sie mir einfach um die Ohren gehauen, dass sie sich im Laufe unserer Zeit zu viert in Micha verliebt hat. Deshalb hatte sie an dem Abend Streit mit Lena und Lena dann wiederum mit Micha, weil sie dachte, dass Micha Selma angebaggert hätte. Tja, und als Micha dann völlig fertig war, hat Selma die Chance genutzt und sich ihm an den Hals geschmissen. Das ist das Ende der Geschichte.«

»Was?« Ach du meine Güte, die Geschichte wird immer schlimmer. Wie kann man so viel Mist nur ertragen? Milo tut mir verdammt leid.

»Jupp. Auch das kann ich bis heute nicht verstehen, und auch im Nachhinein kann ich mich nicht an einen Moment erinnern, an dem zwischen den beiden etwas war. Nicht mal ein Blick. Selma hatte immer nur Augen für mich, so wie ich für sie. Keine Ahnung, wirklich. Vielleicht sind Mädchen einfach so? Sag du es mir.«

»Quatsch!« Ich setze mich auf und überkreuze die Beine. »Es sind *nicht* alle Mädchen so! Das kannst du doch nicht ernsthaft glauben, oder?«

»Ich weiß es nicht. Ich habe meinen Glauben an die Liebe und an Mädchen einfach verloren.«

Ich sehe auf Milo hinab, der nun die Arme hinter dem Kopf verschränkt hat und ganz ratlos und traurig aussieht.

»Also, ich würde meinen Freund nie betrügen. Und wenn man sich in einen anderen verliebt, muss man das eben sagen und darüber reden.« Mir fällt nichts Klügeres ein. »Aber trotzdem trägst du ihr Armband noch.«

Milo zieht die Augenbrauen zusammen. »Woher willst du wissen, dass es von ihr ist?«

»Ich sehe, wie du immer daran herumspielst, wenn du über Selma redest.«

Milo nickt. »Sie hat es mir geschenkt. Und irgendwie kann ich es nicht ablegen, obwohl sie mir das Herz gebrochen hat. Vielleicht lege ich es ab, wenn ich bereit bin für etwas Neues.«

»Vielleicht bist du aber erst dann bereit für was Neues, wenn du es abgelegt hast«, flüstere ich.

Wir sehen uns lange an. So lange, dass meine Handflächen ganz feucht werden. Zum Glück hören wir Milos Mutter, die auf uns zuläuft. »*Da* seid ihr! Es gibt Nachtisch, wollt ihr nicht wieder rüberkommen? Ich habe Red Velvet Cheesecake Cupcakes gemacht. Die hat Milo sich gewünscht.«

»Das … ähm … klingt super!« Irgendwie bin ich froh, dass wir aus diesem Moment gerissen werden. Ein kleiner Teil in mir bedauert es aber auch. Und wieso backt meine Mutter eigentlich höchstens Blechkuchen?

Milo und ich grinsen uns an und trotten wieder in unseren Garten, wo wir diese wahnsinnig hübschen und dazu noch sauleckeren Küchlein essen. Die Stimmung bei den Erwachsenen ist nach wie vor blendend. Darüber bin ich jetzt, wo ich das Haus und die Einrichtung der Nowacks gesehen habe, doppelt froh. Wie sympathisch, dass Leute mit so einem Geschmack nicht abgehoben sind. Überhaupt sind unsere neuen Nachbarn einfach nur nett.

Ich bin ein bisschen traurig, dass ich nicht noch länger mit Milo reden konnte. Jetzt fallen mir so viele Dinge ein, die ich noch hätte fragen wollen. Und Dinge, die ich zum Trost hätte sagen können. Doch am Tisch mit allen anderen geht das nicht. Und so werfen wir uns nur immer wieder Blicke zu, und jeder einzelne schickt kleine Stromstöße durch meinen Bauch.

14. Kapitel

Am nächsten Morgen öffne ich zum ersten Mal seit dem Einzug der Nowacks meinen Vorhang. Nur einen Spalt, aber weit genug, um Milos Fenster sehen zu können, wenn ich mich in der rechten Hälfte meines Zimmers befinde.

Als ich mein Handy in der Küche einsammle, ploppt bereits die erste WhatsApp von Meral auf: »Wie geht's dir heute? Muss dringend mit dir reden!«

Also rufe ich sie an. »Guten Morgen!«

»Hi, Süße! Gut, dass du anrufst«, begrüßt Meral mich. »Hör zu, ich habe gestern Abend noch lange mit Joe geredet. Wir haben versucht, dich anzurufen, konnten dich aber nicht erreichen.«

»Wir haben gegrillt. Mit den neuen Nachbarn.« Ein warmes Gefühl breitet sich in mir aus, als ich an Milos und mein Gespräch denke.

»Ah, okay.« Zum Glück ist Meral nicht weiter an unseren neuen Nachbarn interessiert. Ich hätte auch gar nicht gewusst, was ich ihr über Milo hätte sagen sollen. Das fühlt sich alles so komisch an. Doch Meral hat ganz andere Dinge im Kopf: »Joes Mutter muss ja am Wochenende so oder so nach Hamburg, weil sie da ihren Termin hat. Also haben wir überlegt, ob wir nicht trotzdem mitfahren sollen.«

Ich schütte mein Müsli in eine Schüssel, kippe Milch darauf und schwinge mich auf die Arbeitsplatte. Während ich loslöffele, schaue ich aus dem Fenster. Wenn ich mich ganz dicht an die Scheibe beuge, kann ich in den Vorgarten der Nowacks sehen. Doch da regt sich nichts außer einem Windspiel mit dezent eingefärbten Glaselementen. Selbst beim Windspiel sind die Nowacks absolut geschmackssicher.

»Was sollten wir aber in Hamburg tun?«, frage ich geistesabwesend.

Meral räuspert sich. »Na ja, wir dachten, du solltest dich vielleicht mit Valentin aussprechen.«

Och nee, nicht schon wieder! Da hatte ich gehofft, das Thema ist endlich vom Tisch, und meine beiden besten Freundinnen lassen einfach nicht locker. »Ich denke nicht, dass das eine gute Idee ist.«

Damit ist Meral aber so gar nicht einverstanden. »Warum?«

»Ach, ich … tja … bin einfach zu verletzt. Ich glaube, so eine Fernbeziehung ist nichts für mich. Ich werde wohl immer misstrauisch sein, wenn ich ihn mal einen Nachmittag nicht erreichen kann.« Sehr gut, Lynn! Dagegen ist doch nichts mehr einzuwenden.

»Aber sollte man nicht um seine Liebe kämpfen? Wenn man gleich aufgibt, nur weil irgendeine blöde Tussi daherkommt, von der man denkt, dass der andere sie toll findet, ist das schwach. Wenn du Valentin wirklich magst, musst du ihn wenigstens noch einmal treffen und ihm zeigen, was für ein großartiger Mensch du bist. Und du musst ihm zeigen, wie viel dir an ihm liegt. Pass auf, wir gehen zu dritt shoppen und kleiden dich neu ein. Joe schneidet dir die Haare, und vielleicht kaufen wir auch eine Tönung. Du mochtest doch diesen einen Farbton letztens so gerne.«

Irgendwie bin ich gerührt, dass sich die beiden so viele Gedanken um mich machen.

»Meral, ich weiß nicht, ob das eine gute Idee ist«, fange ich an, doch Meral fällt mir gleich ins Wort.

»Doch, doch, doch. Ich verstehe, dass du jetzt verletzt bist, dich zurückgesetzt und ungeliebt fühlst. Aber du hast ja Joe und mich, die einen klaren Kopf bewahren und dir helfen. Und einen Typen wie Valentin darfst du nicht kampflos ziehen lassen.«

Sie ist so stolz und zufrieden mit sich, dass ich es nicht schaffe, sie vor den Kopf zu stoßen.

»Ich überlege es mir, okay?«

»Ja, gut, aber nicht zu lange. In zwei Tagen müssten wir ja schon los. Heute Nachmittag treffen Joe und ich uns im Park. Da kommen ganz viele Leute aus unserer Klasse und der Parallelklasse. Du kommst mit, oder?«

»Klar«, sage ich und bin froh, dass es zumindest nicht wieder ein Fünfertreffen wird.

Nachdem Meral und ich aufgelegt haben, gehe ich wieder in mein Zimmer und grübele. An meinem Schreibtisch hinter dem zurückgezogenen Vorhang. Aus Milos Zimmer gegenüber höre ich Musik. Ich kenne den Song nicht, aber es klingt nicht schlecht.

Milo ist also zu Hause. Soll ich ihn fragen, ob er heute mit in den Park …? Nein, das geht nicht, denn offiziell habe ich mich noch nicht von Valentin getrennt. Was würden denn Meral und Joey sagen, wenn ich mit einem anderen Jungen auftauche, obwohl die Sache mit Valentin noch nicht geklärt ist?

Was er wohl heute macht? Ob ihn unser Gespräch gestern über Selma sehr mitgenommen hat? Ich schnappe mir mein Handy und googele Milo Nowack. Diverse Treffer, einige bei Facebook, aber keiner, den ich meinem neuen Nachbarn zuordnen könnte. Hm. Instagram? Aha! Hier finde ich einen Account, der höchstwahrscheinlich passt, denn auf dem Profilbild ist ein Hund, der aussieht wie Django. Ich scrolle durch die Fotos. Skaterbilder, Urlaube, ein Konzertbesuch – aber keine Fotos, auf denen man Milo oder seine Freunde sieht. Nichts, was wirklich Auskunft über Milos Leben geben würde.

Dann finde ich unter einem Bild, auf dem wirklich kaum etwas zu erkennen ist, weil es am Abend aufgenommen wurde, in den Kommentaren den Namen *Sweet_Selma*. Ich tippe auf ihren Namen, und hier werde ich fündig. Lauter Fotos von einem hübschen blonden Mädchen, das sich unglaublich gut in Szene setzen kann. Sie sieht überall absolut umwerfend aus. Mal posiert sie mit Freundinnen, mal mit Jungs. Einer von denen ist vielleicht Milos Ex-Bester-Freund Micha, wer weiß.

Und dann entdecke ich ein Foto aus dem Winter, auf dem sie Arm in Arm mit Milo abgebildet ist. Seine Haare waren da noch kürzer und nicht hochgebunden. Seine Au-

gen leuchten, er strahlt über das ganze Gesicht. Er wirkt
wahnsinnig glücklich. Selma sieht fantastisch aus wie auf
allen Bildern davor auch.

Die Musik nebenan verstummt. Ich erhebe mich und
schließe vorsichtig den Vorhang.

Es ist wirklich die halbe Klasse im Park. Alle erzählen von
ihren Urlauben, Svenny hat ihren neuen Freund dabei. Lukas und Bahar sind zusammengekommen, sonst ist alles
beim Alten. Moritz und Jonas sind natürlich auch da, aber
die ignoriere ich. Sie sind eh mit ihren Klassenkameraden beschäftigt. Außerdem ist Jonas bestimmt stocksauer
auf mich, weil ich mich nie wieder bei ihm gemeldet habe.
Luis entdecke ich nirgendwo, aber Meral und Joe kommen
bester Laune auf mich zugestürmt. Beide drücken mich.

»Wie geht's dir heute?«, fragt Joe, und Meral hüpft wie
ein Flummi auf und ab: »Hast du es dir überlegt? Fahren
wir?«

Zum Glück habe ich, nachdem ich ewig lange Milos um-
werfende Ex angeschaut habe und danach mit Minderwer-
tigkeitskomplexen zu kämpfen hatte, nach einer Ausrede
gesucht, um nicht nach Hamburg fahren zu müssen. Ich
würde natürlich total gerne mit den Mädels fahren, aber
dann müsste ich vor Ort ein Treffen mit Valentin faken,
das würden die beiden sicher beobachten wollen, also alles irgendwie doof. Deshalb habe ich mir überlegt, dass
Valentin an dem Wochenende einfach kurz zu uns kommt.
Praktischerweise sind die Ferien in Hamburg eine Woche
länger als bei uns.

Also spule ich meine erfundene Geschichte herunter: »Ich habe heute mit Valentin geredet. Er fährt spontan nach Frankreich und kommt auf dem Weg bei uns vorbei, um mit mir zu reden.« So können wir uns aussprechen – denn das ist meinen Freundinnen ja anscheinend sehr wichtig – und danach die Sache für beendet erklären.

»Ach«, macht Joey enttäuscht. »Schade, ich hatte mich schon so auf Hamburg gefreut.«

Meral gibt ihr einen Schubs. »Ja, aber es ist doch toll, dass er herkommt. Dann liegt ihm nämlich sehr wohl noch was an Lynn.«

»Wie kommt er überhaupt her? Und mit wem?« Joey ist schon wieder skeptisch, ich bin aber gut vorbereitet.

»Er fährt mit seinem Vater, der hat geschäftlich in Frankreich zu tun. Der setzt ihn bei mir ab, vertrödelt die Zeit in der Stadt, und dann fahren sie ein, zwei Stunden später weiter nach Frankreich.«

»Oh«, macht Meral und zieht einen Flunsch. »Er bleibt also nur ganz kurz?«

»Na, über Nacht geht ja wohl nicht«, sage ich empört.

»Wann kommt er denn?«, fragt Joey, deren Laune ebenfalls in den Keller gesunken ist.

»Freitagmittag«, gebe ich vor und martere mir diesen Termin ins Hirn ein. Denn da muss ich ja für eine gewisse Zeit unerreichbar und offline sein.

»Das ist schon morgen!«, stellt Meral fest. »Ganz schön kurzfristige Reiseplanung.«

»Ja«, ich räuspere mich, »das war jetzt nur wegen unserer überfälligen Aussprache so spontan.«

»Ist doch egal«, wendet Joey ein. »Hauptsache ist doch wohl, dass er kommt!«

»Wer kommt?« Moritz hat sich uns genähert und schiebt Joey von hinten die Arme um die Taille. Heute ist die Stimmung zwischen den beiden wohl wieder besser.

»Lynns Freund«, erklärt Meral, doch Moritz scheint diese Antwort nicht wirklich zu interessieren, denn er ist bereits dabei, Joes Hals abzuschlecken. Ekelhaft, echt! Nun hebt er die Augen, sein Mund bleibt aber an Joeys Hals haften. »Freund?«, nuschelt er.

Joey dreht ihm entrüstet den Kopf zu. »Hab ich dir doch erzählt! Hörst du mir denn gar nicht zu? Valentin, den sie an der Nordsee kennengelernt hat!«

Endlich lässt Moritz ihren Hals in Ruhe. »Schatz, Männer hören fünfzig Prozent langsamer zu, als Frauen sprechen.« Er grinst schief und findet seinen Spruch vermutlich wieder wahnsinnig witzig. Joe auch. Sie stürzt sich lachend auf ihn, versucht ihn zu kitzeln, aber Moritz rennt weg. Joe folgt ihm, und schwupps, stehen Meral und ich alleine da.

»Kommt Luis auch noch?«, frage ich, um endlich wieder über etwas anderes reden zu können.

Meral lächelt selig. »Ja. Er müsste jeden Moment da sein.«

»Läuft das denn jetzt, wo das Schwimm-Camp vorbei ist, wieder besser bei euch?« Meral war wirklich schlecht drauf in letzter Zeit.

»Zumindest haben wir viel geredet. Dafür hatten wir in den letzten Tagen endlich mal wieder Zeit. Er versucht, weniger zu trainieren, gerade wenn die Schule nächste Woche wieder losgeht. Mit seinem Trainer hat er auch schon gesprochen. Den Mittwoch und den Samstag wird er jetzt nachmittags freihaben. Das ist ja schon mal was.«

Ich nicke.

Eine Weile sagen wir nichts, schauen nur unseren Klassenkameraden zu, wie sie Frisbee spielen, eng umschlungen auf der Wiese liegen oder einfach miteinander reden und lachen. Vielleicht hätte ich Milo doch mitnehmen sollen. Womöglich hätte er sich gefreut, schon mal ein paar Leute aus seiner neuen Schule kennenzulernen, auch wenn fast alle hier eine Klasse unter ihm sind. Aber so bleibe ich allein, denn Luis kommt kurz darauf.

Ich plaudere eine Weile mit Bahar, die mir erzählt, wie sie mit Lukas zusammengekommen ist. Dann quatsche ich noch mit Mona und Elli. Irgendwann ziehe ich mich ein Stück zurück, setze mich auf einen abgebrochenen Baumstamm und beobachte das Treiben. Joey tollt mit Moritz herum und lacht schrill. Meral sitzt neben Luis. Die beiden sind in ein Gespräch vertieft.

Wie wäre es jetzt wohl, wenn Milo hier wäre? Würden meine Freunde ihn mögen? Was würde er zu Moritz sagen? Ob er seine Sprüche lustig finden würde? Bestimmt nicht. Ich glaube, Milo ist total anders als Moritz. Vermutlich würden wir einfach beisammensitzen und die anderen beobachten. Wenn Django dabei wäre, würden wir vielleicht mit ihm spielen. Schade, dass ich die beiden heute nicht mitbringen konnte.

15. Kapitel

»Valentin wird in einer halben Stunde da sein«, erkläre ich Meral am Telefon.

»Und danach rufst du sofort an, ja? Ich habe mir den restlichen Tag freigehalten und kann direkt zu dir kommen, falls nötig.«

In diesem Moment landet ein weißer Papierflieger auf meinem Teppich. Erstaunt schaue ich auf. Mein Fenster steht sperrangelweit offen, doch als ich hinausschaue, sehe ich niemanden, nur eine leichte Bewegung hinter Milos Vorhang.

»Ja, danke«, stammele ich abwesend, während ich den Papierflieger auseinanderfalte. »Das ist lieb. Ich melde mich.«

Meine Freundinnen sind ganz aufgeregt wegen des angeblichen Besuchs von Valentin. Am liebsten würden sie sich wohl in meinen Vorgarten setzen, um bloß nichts zu verpassen.

Ich schalte mein Handy auf lautlos. Jetzt bin ich für die nächsten zweieinhalb Stunden nicht erreichbar, weil im Gespräch mit meinem Beinahe-Verflossenen.

Auf dem Zettel, den Milo durch mein Fenster geworfen

hat, steht in ordentlicher Schrift: *Heute macht meine Mutter Eis. Kommst du vorbei?*

Noch einmal schaue ich hinaus. Wie soll ich denn jetzt antworten? Milos Fenster ist geschlossen, die Handynummer habe ich nicht. Kurz überlege ich, einen Zettel mit »Ja!« an meine Scheibe zu kleben, aber das ist irgendwie albern. Ich behalte das Haus der Nowacks einfach im Auge und werde Milo im Laufe des Tages schon antreffen.

Der Film, den ich mir ansehe, um Zeit zu überbrücken, ist mies. So mies, dass ich ihn nicht zu Ende schaue. Stattdessen gehe ich duschen und ziehe mich ordentlich an. Sollten Meral und Joe tatsächlich nachher darauf bestehen, dass wir uns treffen, sollte ich wohl nicht mehr in Jogginghose rumlaufen, sondern so gekleidet sein, als hätte ich wirklich versucht, Valentin davon zu überzeugen, dass ich die Richtige für ihn bin und nicht Despina.

Den Ablauf des imaginären Gesprächs habe ich mittlerweile wie einen Film im Kopf. Kurz habe ich überlegt, ob der früher so galante Valentin einen Strauß Blumen mitbringen sollte, diesen Gedanken aber doch wieder verworfen. Valentin kommt einfach so, mit leeren Händen. Er wird mir sagen, dass es ihm unendlich leidtut, dass er mich großartig findet, aber eben nichts gegen seine Gefühle für Despina tun kann, denn ja, ich hatte mit meinen Vermutungen recht, er hat sich in eine andere verliebt. Er wird all das sagen, was Selma zu Milo hätte sagen sollen. Schon wieder schweifen meine Gedanken zu ihm, wie so oft in den letzten Tagen.

Da erst anderthalb Stunden seit Merals Anruf vergangen sind, Valentin also erst seit einer Stunde zu Besuch ist, gebe ich mir ganz viel Mühe beim Styling. Ich kämme ausgiebig meine Haare, probiere neue Frisuren und ziehe verschiedene Outfits an. Selmas Klamottenstil auf den Fotos hat mir gefallen. Irgendwie lässig, aber doch schick. Ich weiß nicht genau, wie sie das macht. Noch einmal stöbere ich durch ihren Instagram-Account. Ich hoffe wirklich, dass man nicht sehen kann, wer sich den Account angeguckt hat und wann jemand das letzte Mal online war. Als kurz darauf mein Handy vibriert, verfalle ich in eine Schockstarre. Joe fragt, wie es läuft. Soll ich antworten? Nein. Noch nicht, erst in einer Stunde oder so.

Die Zeit vergeht nicht. Also nehme ich mir ein Buch. Dann zeichne ich ein wenig. Schließlich hole ich sogar meine Schulsachen hervor und schaue mir an, was wir im letzten Schuljahr in Biologie gemacht haben.

Dann klingelt es plötzlich. Wer ist das jetzt? Für Mom und Ben ist es noch zu früh. Post? Langsam schleiche ich die Treppe nach unten. Zu hören ist nichts, also öffne ich langsam die Tür. Nicht zu fassen! Draußen stehen Meral und Joe! Was zur Hölle machen die denn hier?

»Äh?«, ist alles, was ich rausbekomme.

Meral flüstert: »Sorry, Süße, aber wir haben es einfach nicht mehr ausgehalten.«

»Wenn wir stören, können wir auch auf der Straße sitzen bleiben und warten«, fügt Joey leise hinzu.

Um Himmels willen, nein! Dann sehen sie, dass Valentin gar nicht hier ist und auch nicht abgeholt wird.

»Nein«, sage ich wenig kreativ.

Die besorgten Blicke meiner Freundinnen durchbohren mich. Schließlich greift Meral nach Joeys Arm. »Ich hab dir doch gesagt, dass das eine blöde Idee ist. Komm, wir setzen uns da drüben hin. Lynni, lass dich nicht stören. Wir sind ganz in deiner Nähe und stehen dir mental bei.« Die beiden wenden sich zum Gehen, während mein Hirn auf Hochtouren läuft. Sie müssen hier weg. Oder, noch besser, ha, perfekt, ER ist schon weg!

»Ihr könnt bleiben. Valentin ist schon gefahren.« Ich versuche, die Panik, die in den letzten Sekunden in mir aufgestiegen ist, in Enttäuschung und Traurigkeit umzuwandeln.

Meral und Joe bleiben abrupt stehen. »Was? Schon weg?«, fragt Joe.

»So schnell?« Meral stürzt zu mir und umarmt mich. »Wie war's denn?«

»Kommt doch erst mal rein«, bitte ich die beiden, und wir steigen die Treppen hinauf in mein Zimmer. Dort lassen wir uns auf mein Bett fallen, und ich erzähle meine Geschichte. Ich schmücke Valentins Geständnis noch ein wenig aus, wie liebevoll er war und so. Wie leid es ihm tat und wie sehr er hofft, dass ich bald einen anderen Jungen kennenlerne. Dass er sich wünscht, er hätte Despina nicht gerade jetzt wiedergesehen, aber dass manchmal eben Dinge in den falschesten Momenten passieren, ohne dass man etwas dagegen tun könnte. Und dass es ihm leidtut, dass er nicht sofort klare Verhältnisse geschaffen hat.

Hier und da entfährt meinen Freundinnen ein Seufzer.

Sie fühlen total mit und werden noch größere Valentin-Fans als zuvor.

»Das ist so respektvoll«, schwärmt Joe.

»Was hat er denn gesagt, wie es mit Despina weitergeht? Sind die beiden jetzt zusammen?«, fragt Meral, während sich Joey das Foto von Taylor-Valentin schnappt und es eingehend betrachtet.

»Nein«, antworte ich und möchte mir im selben Moment auf die Zunge beißen. Warum zur Hölle habe ich das gesagt? Doch zu spät, schon kommt neues Leben in meine Freundinnen.

»Was?« Joey wirft den Bilderrahmen auf meinen Schreibtisch und springt auf. Auch Meral sitzt plötzlich kerzengerade auf meinem Bett und sieht mich mit aufgerissenen Augen an. »Sie sind nicht zusammen?«

»Du meine Güte, Lynn, hol ihn dir sofort zurück!« Nun packt Joey mich an den Schultern. »Der Typ ist der Wahnsinn! Ich habe noch nie von jemandem gehört, der so toll ist – selbst in so einer schwierigen Situation.«

»Na ja«, versuche ich zurückzurudern, »vermutlich kommen sie bald zusammen. Ich glaube, Valentin wollte das erst mal mit mir klären, bevor er mit ihr zusammenkommt.«

Aber meine Freundinnen sind nicht mehr zu bremsen. »So ein Quatsch. Wenn man in jemanden verliebt ist, gibt man Vollgas, egal, wer da kilometerweit entfernt sitzt«, sagt Joe.

»Mädels, es ist vorbei. Ich will das alles nicht mehr.« Ich will das alles wirklich nicht mehr. Bitte lasst uns Valentin endlich aus meinem Leben streichen, verdammt noch mal!

»Da stehst du dir jetzt aber auch selber im Weg.« Joe hat die Arme in die Seiten gestützt.

»Finde ich auch. Vielleicht hättest du viel mehr versuchen müssen, ihn zurückzubekommen. Ihm zeigen sollen, wie viel dir an ihm liegt.«

Ich werde auf meinem Bett immer kleiner. Da klingelt es wieder an der Tür.

Meral und Joe tauschen einen Blick, sehen dann mich an und beginnen wie auf Kommando loszukreischen.

»Das ist er!« Joe ist völlig außer Rand und Band. »Er ist zurückgekommen, um dich zu holen!« Sie stürmt die Treppe hinunter, Meral hinterher.

»Jetzt wartet mal!«, rufe ich, doch die beiden sind schon unten. Ich höre, wie die Haustür aufgerissen wird. Dann höre ich nichts mehr.

16. Kapitel

»Wer bist *du* denn?«, ist das Nächste, was ich höre. Endlich löse ich mich aus meiner Schockstarre und laufe ebenfalls die Treppen hinunter.

Vor der Tür steht Milo – auch das noch! Ich schiebe mich an meinen Freundinnen vorbei.

»Hi!«, grüße ich und versuche, all das Chaos, das in meinem Kopf herrscht, wegzuschieben.

Milo grinst und kratzt sich verlegen am Hinterkopf. »Hi, ich wusste nicht, dass du Besuch hast, sorry. Wollte nur fragen, ob du meinen Brief bekommen hast.«

Ich spüre, wie die fragenden Blicke meiner Freundinnen meinen Rücken durchbohren. »Ja, danke«, antworte ich knapp. Kann er jetzt bitte wieder gehen?

»Cool. Kommst du dann nachher zu uns? Um drei. Oder vier. Geht aber auch später, wie es dir passt.« Milos Blick wandert zwischen mir und meinen Freundinnen hinter mir hin und her.

»Äh, ja, okay, machen wir so.« Ich räuspere mich. Gerade will ich ihm für seinen Besuch danken und ihn abwimmeln, da schiebt er seine Hand an mir vorbei und hält sie Meral hin. »Hi, ich bin übrigens Milo.«

Boden, bitte tu dich auf. Wenn Milo schon nicht gehen will, dann saug mich wenigstens für alle Zeiten ein.

»Meral, hallo.«

»Und ich bin Joe.« Sie drückt seine Hand und sieht ihn fragend an. »Woher kennt ihr zwei euch denn? Und nächste Frage: Wieso kennen wir dich nicht?«

Ein wenig von Milos Anspannung fällt von ihm ab. Meine hingegen wächst sekündlich.

»Wir wohnen nebenan, sind gerade erst eingezogen«, sagt er, »Lynn war so nett und hat mir letztens die Stadt gezeigt. Und gegrillt haben wir vorgestern auch zusammen.«

»Ach«, macht Joe. Der Blick, den sie mir zuwirft, ist … na ja … beinah tödlich.

In seiner Unsicherheit plaudert Milo einfach weiter. »Ja, neulich habe ich ihr bei dem Kampf mit einem Dino geholfen. Und jetzt wollte ich sie zum Eisessen abholen. Wir kennen uns also schon ziemlich gut.« Er schenkt mir ein breites Grinsen.

Ich hingegen schaffe es nicht mal, auch nur ein gequältes Lächeln über die Lippen zu bringen. Dabei ist es so süß, dass er sagt, dass wir uns schon gut kennen.

Meral ist zur Salzsäule erstarrt, aber Joey bringt noch Satzfragmente über die Lippen. »So? Ziemlich gut also.«

Langsam merkt Milo, dass hier etwas nicht stimmt. Er wirft mir einen unsicheren Blick zu, auf den ich aber nicht reagieren kann.

»Ich wollte euch wirklich nicht stören«, sagt er, als die Gesprächspause zu lang wird. »Ihr habt bestimmt viel zu besprechen. Mädchenkram und so.«

»Jepp«, macht Joe langsam. »Lynn hat nämlich Stress mit ihrem Freund, da gibt es viel zu bereden.«

Ich möchte ihr an den Hals springen und sie würgen. Wie kann sie das nur sagen? Ein kurzer Moment der Stille. Ich fühle mich schlecht. Mein Magen zieht sich zusammen. Was für ein riesengroßer Mist, das alles. Und wenn man denkt, dass es nicht schlimmer geht, setzt das Schicksal noch einen drauf.

»Freund?«, fragt Milo und schaut mir lange in die Augen. Ich will etwas sagen, aber es kommt kein Laut über meine Lippen.

»Na, dann lasse ich euch besser wieder allein.« Er wendet sich zum Gehen und greift mit der linken Hand nach der Türklinke. Und was ich da sehe, lässt mein Herz stillstehen. Er hat das schwarze Lederarmband abgelegt! Das Armband, das Selma ihm geschenkt hat. Das er erst ablegen wollte, wenn er bereit für etwas Neues ist.

Die Tür knallt zu, und über mir ergießt sich eine Welle der Verzweiflung. Ich möchte mich auf der Stelle in eine Ecke setzen und weinen.

Wenn ich könnte, würde ich ihm hinterherrennen, um alles klarzustellen. Aber da sind ja noch Meral und Joey, die auf Antworten warten. Ganz langsam nur drehe ich mich zu ihnen um. Ihre Mienen sind versteinert.

»Was war das?« Klar, Joe findet zuerst die Sprache wieder. Ihre Stimme ist eiskalt.

»Das war unser neuer Nachbar Milo.«

»Das haben wir auch mitbekommen. Du triffst dich mit ihm?« Joey versteht die Welt nicht mehr, das sehe ich ihr an.

Ich schlucke. »Es hat sich halt so ergeben. Weil wir jetzt Nachbarn sind.«

»Du hast einen Freund.« Joey ist voller Verachtung.

»Nicht mehr«, versuche ich die Situation zu retten.

Doch bei Joey ist der Zug abgefahren. »Ja, aber erst seit einer halben Stunde nicht mehr! Du hast dich mit Milo getroffen, obwohl du mit Valentin zusammen warst? Und machst ihm jetzt wegen Despina Vorwürfe? Du bist doch kein bisschen besser!«

»Ja, aber da lief gar nichts«, versuche ich mich zu verteidigen.

»Ich finde, das sah ganz anders aus. Wie der dich ange-himmelt hat, meine Güte. Und du hast deine ach so vie-len Treffen mit ihm vor uns verheimlicht. Das spricht doch Bände!« Sie schüttelt den Kopf. »Ich versteh's nicht, Lynn, ehrlich. Seit Tagen trösten wir dich und bauen dich auf, weil du uns die Betrogene vorspielst. Dabei betrügst du genauso.«

»Weil ich mich mit unserem neuen Nachbarn treffe?« Meine Stimme ist ganz schrill. Irgendwie übertreibt Joey.

»Ja, verdammt! Heimlich! Wieso hast du uns nichts von Milo erzählt? Wieso waren das alles Geheimtreffen? Dafür gibt es ja wohl nur einen Grund: dass ihr was zu verber-gen habt!« Joe ist auf hundertachtzig. Meral versucht, sie zu beruhigen, aber Joey ist dafür gerade nicht empfänglich. »Lass mich. Das ist doch scheiße. Spielt uns die Leidende vor, dabei trifft sie sich schon längst mit einem anderen.«

Wutschnaubend dreht sie sich um und läuft den Flur auf und ab.

Nun steht mir nur noch Meral gegenüber. Sie ist nicht wütend, sondern todtraurig. Und das ist noch viel schlimmer. »Warum hast du uns nichts davon gesagt?« Ihre Stimme ist so leise, dass ich sie kaum höre.

»Ich … ich weiß es nicht.« Und plötzlich weiß ich wirklich nicht mehr, wieso ich den beiden nichts von Milo erzählt habe.

Joey packt Meral am Arm. »Komm, wir gehen.« Meral lässt sich mitschleifen, und schon knallt die Haustür hinter ihnen zu. Zum zweiten Mal innerhalb weniger Minuten.

17. Kapitel

Ich falle in ein tiefes schwarzes Loch. In was für eine Katastrophe habe ich mich da nur reinmanövriert? Ich stehe noch immer in unserem Flur und starre auf die Haustür. Wie in Trance gehe ich in die Küche, gieße mir ein Glas Wasser ein und lasse mich auf einen Stuhl sinken. Ich kann gar nicht greifen, welche Verzweiflung größer ist. Die darüber, dass meine Freundinnen auf mich sauer sind, oder die darüber, dass ich Milo verletzt habe.

Ich versuche, mich in Meral und Joey hineinzuversetzen. Haben sie Grund, so sauer auf mich zu sein? Gut, ich habe ihnen nichts von Milo erzählt, obwohl ich ihn mehrfach getroffen habe. Da wäre ich auch eingeschnappt. Und ich weiß, dass gerade Meral das sehr persönlich nimmt. Denn sie geht davon aus, dass wir uns alles erzählen – ausnahmslos. Haben wir bislang ja auch, bis durch Luis und Moritz plötzlich alles anders war.

Joe hingegen schien vor allem verletzt, weil sie denkt, dass zwischen Milo und mir was läuft und ich Valentin unrecht getan habe. Dabei kennt sie ihn ja nicht mal! Mich wundert, dass sie plötzlich den Moralapostel spielt. Vielleicht ist sie aber vor allem deshalb sauer, weil sie und Meral sich so viele Gedanken um mich gemacht haben und es nun aber so scheint, als hätte ich mich schon längst anderweitig getröstet. Ohne das zu sagen. Sprich, sie haben sich die ganze Mühe umsonst gemacht.

Ich glaube, Joey fühlt sich eher ausgenutzt, und Meral fühlt sich hintergangen. Was für eine verfahrene Situation! Wie komme ich da nur wieder raus? Ich kann mich entschuldigen, weil ich nichts von Milo erzählt habe. Aber die Frage ist doch auch, *warum* ich es nicht gemacht habe. Das hätte ich ja trotz Valentin erzählen können. Was kann ich schließlich dafür, dass wir neue Nachbarn haben? Vielleicht habe ich es verheimlicht, weil ich anfangs so genervt von Milo war. Und ich habe mich ja nicht freiwillig mit ihm getroffen, er hat sich mir irgendwie aufgedrängt. Das Grillen habe ich mir auch nicht ausgesucht, das ist auf dem Mist unserer Eltern gewachsen. Warum also habe ich das den Mädels nicht erzählt?

Weil ich ihn doch irgendwann wirklich nett fand. Und das wollte ich einfach für mich behalten. Weil es eben auch gar nicht hätte sein dürfen.

Wieder kommt mir Milos Lederarmband in den Sinn. Die Tatsache, dass er es nun abgenommen hat, zerreißt mich innerlich. Und diese Verletztheit, die in seinen Augen lag! Ich bin total aufgewühlt. Um nicht völlig im Elend zu versinken, zwinge ich mich, gedanklich erst mal bei Meral und Joe zu bleiben und eine Lösung für dieses Problem zu finden. Also: Es war keine bewusste Entscheidung, nichts von Milo zu erzählen. Er hat eben anfangs genervt, und erst im Laufe der Zeit habe ich gemerkt, dass er total nett ist. Vermutlich hatte ich dann Sorge, dass Meral und Joey mir die Valentin-Verliebtheit nicht mehr abnehmen.

Wie auch immer. Wie bringe ich das wieder in Ordnung? Ich bin es so leid. All diese Lügen. Werden sie mir je wieder komplett vertrauen, wenn sie erfahren, wie ich sie belogen habe?

Aber habe ich nicht auch aus der Not heraus gehandelt, weil die beiden plötzlich mit ihren Freunden so genervt haben? Auf einmal kocht eine Wut in mir hoch, die unterschwellig schon seit zweieinhalb Wochen da ist. Meine Freundinnen haben überraschend ein ganz anderes Leben geführt als ich. Dann haben sie versucht, mich zu verkuppeln, obwohl ich das überhaupt nicht wollte. Nur, damit ich in ihre neue Lebensweise hineinpasse. Also habe ich einen Freund erfunden, damit sie mich in Ruhe lassen. Und damit ich nicht mehr der einzige Single bin. Ist es denn nicht auch ihre Schuld, dass ich zu solchen Mitteln greifen musste, um noch dazuzugehören?

Ich merke, dass mir diese Wahrheit guttut. Zum ersten Mal glaube ich, vielleicht doch alles auflösen zu können. Und ihnen die Mitschuld an der Erfindung meines imaginären Freundes zu geben.

Ein Schlüssel dreht sich in der Haustür. Ein Blick auf die Küchenuhr zeigt mir, dass die Zeit gerast ist. Das müssen Mama und Ben sein. Und ja, schon kommt Ben in den Flur gerannt und wirft seine Jacke in hohem Bogen durch die Luft.

»Haaaallooooo!«, ruft er und erschrickt, als ich aus der Küche antworte.

Meine Mutter steckt ihren Kopf durch die Tür. »Lynni, hallo! Bist du bei dem schönen Wetter nicht unterwegs?« Sie legt den Kopf schief. »Alles in Ordnung? Du siehst so … zerzaust aus.«

Vermutlich hat sie recht. Vor lauter Nachdenken habe ich mir die ganze Zeit die Haare gerauft. Ben betritt die Küche. »Stimmt, du siehst lustig aus.« Er hüpft auf meinen Schoß.

Mama stellt zwei Einkaufstüten ab und legt mir die Hand auf die Schulter. »War was heute?«

Ich seufze. »Ein bisschen Stress mit den Mädels.«

»Oh. Willst du drüber reden?«

»Ach«, ich pieke Benny in die Seite, der daraufhin anfängt zu kichern und sich zu winden, »ich kriege das schon geregelt, glaube ich.«

Mama schaut mich lange an.

»Wenn nicht, melde ich mich, okay?«

Nun nickt sie halbwegs zufrieden. »Wollen wir drei heute Abend Pizza selber belegen? Papa kommt erst ganz spät.«

»Au ja!« Benny springt von meinem Schoß und beginnt, in den Tüten zu wühlen. »Jaaa! Mais!«

Ich bin froh, dass die beiden da sind und meine schlechte Laune zumindest ein wenig vertreiben. Wenn gar nichts mehr geht, kann ich auf meine Familie eben doch immer noch zählen.

Dankbar für die Ablenkung, spiele ich den restlichen Nachmittag mit Benny. Dabei vermeide ich es aber, mit ihm nach draußen zu gehen, denn ich fühle mich noch nicht bereit dazu, Milo zu treffen. Ich muss erst noch eine

Weile nachdenken. Und das kann ich nicht, während ich für Benny ein riesiges Haus aus Duplo baue.

Erst am Abend, nachdem wir Pizza gegessen haben und Mama Benny ins Bett bringt, gehe ich in mein Zimmer. Ich habe das Fenster einen Spalt offen gelassen, weil ich gehofft habe, dass Milo wieder einen Papierflieger rüberwirft. Aber das hat er nicht – warum auch? Er denkt ja, dass ich einen Freund habe, den ich ihm verheimlicht habe.

Vorsichtig schaue ich aus dem Fenster. Bei Milo brennt Licht, aber er hat sein Rollo runtergezogen. Ob er das Eis, das seine Mutter gemacht hat, alleine gegessen hat? Seufzend lasse ich mich auf mein Bett fallen und verschränke die Arme hinter dem Kopf. Am liebsten würde ich zu ihm gehen und ihm alles erklären. Aber vielleicht würde er mir gar nicht zuhören. Klar, er hat mir sein Herz ausgeschüttet, mir erzählt, wie verletzt er war, als seine Freundin ihn hintergangen hat. Nun denkt er, dass ich das Gleiche mit ihm mache. Wobei es ihm ja eigentlich egal sein könnte, immerhin sind wir nicht zusammen.

Aber er hat das Armband abgelegt. Ist da vielleicht mehr, als ich gedacht habe? Mehr, als ich jemals zu hoffen gewagt habe? Wie stehe *ich* denn mittlerweile zu *ihm*? Diesen Gedanken habe ich nie zugelassen. Wenn ich daran denke, wie wir auf der Relaxliege lagen, wird mir ganz flau im Magen. Ich weiß nicht, wie es sich anfühlt, verliebt zu sein. Ich weiß nur, dass ich dieses Gefühl im Bauch so nicht kenne. Und ich weiß, dass ich noch viel mehr Zeit mit Milo verbringen möchte. Außerdem möchte ich, dass die Traurigkeit aus seinen Augen verschwindet.

Ich setze mich im Bett auf, schiebe den Vorhang beiseite und schaue hinaus. Da drüben, hinter seinem Rollo, sitzt er. Was er wohl gerade macht? Ob er an mich denkt? Ist er wütend? Traurig? Und hat das Ablegen des Armbands womöglich wirklich mit mir zu tun? Meine Gedanken drehen sich im Kreis, und ich spüre, dass ich für heute einfach eine Pause brauche. Morgen werde ich meine Welt wieder in Ordnung bringen. Ich muss noch eine Nacht drüber schlafen, aber im Moment möchte ich den Mädels die Wahrheit sagen. Und Milo auch. Ich möchte nicht mehr lügen.

Noch einmal werfe ich einen Blick hinaus. Das Licht in Milos Zimmer ist nun aus. Ob er runtergegangen ist zu seinen Eltern? Oder ist er mit Django spazieren? Entgegen meinem Vorsatz, erst morgen alles zu klären, springe ich auf und laufe die Treppe hinunter. Papa ist mittlerweile nach Hause gekommen und redet in der Küche mit Mama über irgendwelchen Arbeitskram.

Leise schleiche ich mich ins Wohnzimmer und hinaus auf die Terrasse. Ein Pfiff, ein Bellen. Sind das Milo und Django? Vorsichtig schiebe ich ein paar Zweige der Hecke beiseite. Der Garten der Nowacks ist dunkel, ich kann niemanden sehen. Im Wohnzimmer brennt Licht, aber ich kann nichts weiter erkennen. Also trotte ich wieder ins Haus, überlege kurz, ob ich auch in die Küche gehen soll, um dort unauffällig auf die Straße zu schauen, aber merke, dass das nichts bringt. Ich würde Milo doch nicht mehr ansprechen heute. Also gehe ich ins Bett, lese noch ein bisschen, um mich abzulenken, und lege mich früh schlafen, um für den morgigen Tag fit zu sein.

18. Kapitel

Samstag. Also ist meine Familie zu Hause und sitzt bereits am Frühstückstisch, als ich die Treppe runterkomme.

»Ich war vor zwanzig Minuten in deinem Zimmer, um dich zu wecken«, sagt Mama entschuldigend, »du hast aber so friedlich geschlafen, da bin ich wieder rausgegangen. Es ist noch ein hart gekochtes Ei für dich da.«

»Alles gut, kein Problem.« Ich schnappe mir mein Handy. Niemand hat sich gemeldet. Damit war zu rechnen. Schnell tippe ich eine Nachricht an Meral. *Muss mit dir reden. Bitte melde dich!*

Ich möchte erst mal nur mit ihr sprechen. Joe ist oft so impulsiv und lässt einen nicht ausreden. Wenn ich eine Chance habe, das wieder geradezubiegen, dann, indem ich Meral alles erkläre.

Mein Vater räuspert sich. Schuldbewusst lasse ich das Handy auf die Arbeitsplatte fallen.

»Sie hat Stress mit ihren Freundinnen«, nimmt Mama mich in Schutz. Ich lächele sie an und setze mich an den Tisch. Als ich mir ein Croissant nehme, vibriert mein Handy. Ich widerstehe dem Drang, aufzuspringen, und frühstücke in Ruhe.

»Was machen wir heute?«, fragt Ben mit Schokolade am Mund. Schokoaufstrich gibt es bei uns nur am Wochenende.

»Wollen wir an den See fahren?«, schlägt Papa vor.

»Bettina wollte sich auch noch mal melden. Wir wollten vielleicht zusammen zum Pflanzencenter fahren.« Mama lächelt selig.

»Welche Bettina?« Ich habe wirklich keine Ahnung.

»Na, Bettina Nowack. Von nebenan.«

»Oh, stimmt«, sage ich und verstehe nun Mamas seliges Lächeln. Ihr Vorstadt-Soap-Traum scheint ganz allmählich in Erfüllung zu gehen. Jetzt shoppen die beiden schon Blumen zusammen. Tja, und zu jeder guten Serie gehört bekanntlich auch ein wenig Drama – und den Part habe wohl gerade ich übernommen. Seufz.

»Ich will aber an den See!«, mault Benny, und ich verstehe ihn nur zu gut. Der Wetterbericht hat dreißig Grad vorausgesagt.

Papa hebt beschwichtigend die Hände. »Dann geht Mama mit ihrer neuen Freundin Blumen kaufen und anschließend gärtnern, und wir fahren an den See. Kommst du mit, Lynn?«

»Würde ich gern, aber ich hab heute echt viele Dinge zu klären.«

Mama wirft ihm einen vielsagenden Blick zu.

»Na gut. Benny, dann such doch schon mal deine Badehose. Lass uns recht bald losfahren, damit es nicht zu voll wird.« Papa beginnt, die leeren Teller aufeinanderzustapeln.

»Kommt aber nicht zu spät zurück. Ich könnte mir vorstellen, dass wir mit Nowacks nachher wieder grillen.

Schließlich ist es das letzte Wochenende, bevor die Schule wieder losgeht.«

Ach du Schreck. Das hatte ich so nicht auf dem Zettel. Ob Milo überhaupt mitkommt? Bestimmt nicht. Was aber, wenn bei den Nowacks gegrillt wird? Soll ich dann mitgehen oder besser eine Magenverstimmung vortäuschen? Ich kann ja schlecht mit Milo reden, wenn unsere Eltern dabei sind. Nun gut, ich lasse das alles auf mich zukommen. Erst mal kümmere ich mich um Meral.

Pflichtbewusst räume ich das Geschirr in die Spülmaschine und lese dann Merals Antwort: *Hab heute viel vor. Kann nur telefonieren. Jetzt?*

Die WhatsApp hat sie mir vor zehn Minuten geschickt. Da sollte ich sie wohl möglichst schnell anrufen. Papa und Ben packen bereits zusammen die Tasche für den See, Mom beginnt das Haus zu putzen. Ich möchte meine Ruhe haben, also verziehe ich mich in mein Zimmer, atme tief durch und rufe Meral an. Meine Hände sind ganz schweißig, mein Herz rast.

»Hi!«, begrüßt sie mich kühl.

»Hallo, Meral. Wie geht's?« Was für eine blöde Floskel. Fällt mir wirklich nichts Besseres ein?

»Mäßig.« Klar.

»Du, ich wollte mit dir reden.«

»Das wäre wohl angebracht.« Himmel, sie ist wirklich verletzt.

Noch einmal atme ich tief ein und aus. »Es ist alles ganz anders, als du denkst. Ich habe euch die ganze Zeit etwas vorgemacht.«

Ein Schnauben. »Das haben wir gestern gemerkt, Lynn. Ich verstehe das nicht. Wie kannst du uns verheimlichen, dass du einen anderen Jungen kennengelernt hast? Wir haben uns doch geschworen, dass wir uns immer alles erzählen, weißt du nicht mehr?«

Ich schlucke. Klar weiß ich das. Plötzlich fehlen mir die Worte, also fährt Meral fort: »Wie ist das überhaupt abgelaufen? Hast du Milo wirklich getroffen, als du noch mit Valentin zusammen warst?«

»Es gibt gar keinen Valentin«, platzt es aus mir heraus. Eigentlich wollte ich das etwas galanter rüberbringen, aber jetzt ist es einfach so raus und sorgt für beängstigende Stille am anderen Ende der Leitung.

»Was? Wie? Verstehe ich nicht.« Ich weiß genau, wie Meral in diesem Moment aussieht. Ihre Mundwinkel hängen leicht nach unten, und vermutlich ist ihr diese eine störrische Haarsträhne ins Gesicht gefallen, um die sie sich aber nicht schert.

»Ich habe Valentin nur erfunden«, sage ich ganz leise, als könnte ich die Wucht der Worte damit abmildern.

Meral begreift noch immer nicht. »Erfunden? Was soll der Unsinn? Die Fotos, die Briefe, die Blumen – das hast du uns doch gezeigt. Und das war alles von ihm!«

Tränen brennen in meinen Augen, weil ich mich so sehr dafür schäme, was ich getan habe. »Nein, das war von mir selbst«, flüstere ich mit einem fetten Kloß im Hals.

Langsam fällt bei Meral der Groschen. »Du hast dir selber Briefe geschrieben? Warum? Das ergibt doch keinen Sinn.«

Mein Mund ist ganz trocken, ich bekomme die nächsten Worte kaum heraus. »Weil ich nicht als Einzige von uns Single sein wollte.«

»Hä? Wieso? Joe und ich waren doch auch bis vor Kurzem Single. Das ist doch nicht schlimm.«

»Auf den ersten Blick vielleicht nicht. Aber … ihr habt nur noch von Jungs geredet, und, noch viel schlimmer: Ihr wolltet mich mit Jonas verkuppeln.«

»Das war aber nur nett gemeint von uns.« Sie sucht noch immer nach dem Sinn der Geschichte.

»Ich weiß. Trotzdem wart ihr so penetrant, und ich war mit einem Mal so eine krasse Außenseiterin – auch wenn ihr das bestimmt nicht wolltet.«

Langsam erwacht Meral aus der Starre. »Aber das ist doch kein Grund, uns so anzuschwindeln! Du hättest einfach mit uns reden können.« Jetzt kommt die Wut in ihr hoch, und ich kann es ihr nicht verübeln.

»Ich weiß, ich habe einen riesigen Fehler gemacht. Ich wollte dazugehören. Ihr habt plötzlich über ganz andere Dinge geredet, zu denen ich nichts sagen konnte. Und da war es eben viel leichter, eine Liebesgeschichte zu erfinden.«

Wieder Stille. Hätte ich jetzt Joey am Telefon, wäre sie bestimmt schon ausgerastet oder hätte gar aufgelegt. Aber Meral ist zum Glück viel besonnener. Wütend ist sie trotzdem.

»Ich verstehe dich nicht, Lynn. Joe und ich haben uns wegen dir so viele Gedanken gemacht. Wir wären sogar mit dir nach Hamburg gefahren, damit du dich mit einem Typen aussöhnst, den es jetzt auf einmal gar nicht gibt?« Sie schnauft laut vor Empörung.

»Ich sage doch, ich habe einen riesigen Fehler gemacht, und es tut mir leid. Es war so eine Kurzschlussidee, aus der ich irgendwann nicht mehr rauskam. Ich hab's ja versucht, indem ich euch gesagt habe, dass Valentin Despina wiedergetroffen hat. Aber ihr habt einfach nicht lockergelassen.«

Mit einem Mal ist Meral ganz still. »Weil wir nur dein Bestes wollten.« Ihre Worte treffen mich wie ein Dolch mitten ins Herz. Ich habe sie so enttäuscht. Keine Ahnung, ob sie mir das jemals verzeihen kann.

»Kann ich's wiedergutmachen?«, frage ich vorsichtig. Und dann erzähle ich noch einmal ganz in Ruhe, wie sich die letzten Wochen für mich angefühlt haben, wie ich im Internet nach Fotos gesucht habe und mich ganz allmählich in meine Lügengeschichte verstrickt habe.

Meral hört sich alles ganz ruhig an. Und irgendwann scheint sie zumindest im Ansatz nachvollziehen zu können, wieso ich das alles getan habe. Denn am Ende meines Berichts, den sie immer wieder mit Fragen unterbricht, ist ihre Stimme schon viel sanfter: »Mhm, vermutlich haben wir dich wirklich ein wenig zu sehr unter Druck gesetzt. Tut mir leid. Das wollten wir natürlich nicht.«

»Schon gut«, murre ich.

Schließlich will sie noch wissen, was es jetzt mit Milo auf sich hat, also erzähle ich auch noch diese Geschichte.

»Ich weiß gar nicht, was mich mehr verletzt hat«, sagt sie schließlich: »dass du uns einen Valentin vorgeschwindelt hast oder dass du nicht erzählt hast, dass du dich mit einem echt süßen Typen triffst.« Nun lacht Meral sogar.

»Findest du ihn süß?«, frage ich unsicher.

»Ja, du nicht, oder was?«

Mein Kopf läuft knallrot an, aber das sieht Meral zum Glück nicht. »Doch, irgendwie schon.«

»Lynn, ich bitte dich, in dein Nachbarhaus ist eine absolute Sahneschnitte eingezogen. Und er mag dich.«

Langsam erhebe ich mich und werfe einen Blick aus dem Fenster. Bei Milo ist immer noch alles verrammelt.

»Du meinst, er mag mich?«, frage ich.

Meral lacht laut auf. »Also, das ist ja wohl so was von eindeutig. Warum sollte er dich sonst zum Eis einladen?«

»Tja, vielleicht hast du recht. Aber ich habe alles versaut. Milo denkt, dass ich einen Freund hatte, während ich ihn getroffen habe. Und weil ihn seine Exfreundin schon mit seinem damaligen besten Freund betrogen hat, ist er jetzt ganz bestimmt nicht mehr gut auf mich zu sprechen. Selbst wenn es vielleicht mal den Anflug einer Chance gab, dass er mich mag.«

»Süße, hör mal zu, du musst mit ihm reden. Du kannst ihm das ja alles erklären. Es ist doch gar nicht so, wie er jetzt denkt. Er wird das schon verstehen.«

Ich nicke. »Ja, ich wollte sowieso mit ihm reden. Heute noch, weil heute Abend wieder ein Nachbarschaftsgrillen stattfindet. Viel zu verlieren hab ich wohl eh nicht.«

»Finde ich auch.«

»Und, Meral?«

»Ja?«

»Verzeihst du mir?«

»Ich denke schon. Vermutlich waren Joey und ich nicht sonderlich feinfühlig. Aber, Lynn?«

Ich schlucke. »Ja, was denn?«

Merals Stimme ist jetzt ganz samtig. »Versprichst du mir, mich nie wieder anzuschwindeln?«

Ich lache ein wenig. »Natürlich! Aber nur, wenn du versprichst, dass du mich nie wieder verkuppeln wirst!«

Nun lacht auch Meral. »Versprochen!«

Mir fällt ein Stein vom Herzen. Doch eine Sache ist da noch – nämlich Joey. »Und … könntest du vielleicht bei Joe ein gutes Wort für mich einlegen?«

»Mach ich! Das kriege ich schon geregelt, keine Sorge.«

Ich fühle mich bereits viel leichter. Es war die richtige Entscheidung, endlich die Wahrheit zu sagen. »Danke, du bist die Beste!« Und das ist sie wirklich. Ich bin verdammt froh, so eine tolle beste Freundin zu haben.

»Jetzt bring die Sache mit Milo in Ordnung!«, ermahnt sie mich noch, und dann legen wir auf.

19. Kapitel

Den ganzen Vormittag lasse ich das Nachbarhaus nicht aus den Augen, doch von Milo keine Spur. Ich sehe, wie meine Mutter und Bettina Nowack gemeinsam zum Einkaufen fahren. Ich sehe auch, wie Milos Vater es sich mit der Zeitung auf seiner Relaxliege gemütlich macht. Aber weder Django noch Milo lassen sich blicken. Irgendwann muss Django doch auch mal raus, oder nicht? Ob die beiden vielleicht kurzfristig weggefahren sind? Im Laufe des Tages bemerke ich dann aber sehr wohl kleine Veränderungen. Sein Vorhang hat sich in den letzten Stunden mehrfach verschoben. Und gegen Mittag ist Milos Fenster plötzlich auf Kipp. Also muss er da sein, denn sein Vater lag die ganze Zeit im Garten, und unsere Mütter sind noch immer unterwegs. Wer sollte sonst das Fenster geöffnet haben, wenn nicht Milo selbst?

Wie ein Tiger laufe ich in meinem Zimmer auf und ab. Joe schickt irgendwann eine WhatsApp, dass sie telefonieren will. Aber dafür habe ich jetzt einfach keinen Kopf.

Muss erst noch die Sache mit Milo klären, schreibe ich daher zurück und habe gleichzeitig Bauchgrummeln. Hoffentlich ist es Meral gelungen, Joe zu besänftigen. Doch die folgende Nachricht klingt ganz gut: *Alles klar. Viel Glück! Trotzdem will ich dir noch mal ordentlich den Kopf waschen. Was hast du dir nur dabei gedacht? ;-)*

Der zwinkernde Smiley ist eindeutig ein Zeichen dafür, dass Joe – so impulsiv sie auch ist – die Lage verstanden hat und dass bald alles zwischen uns wieder okay sein wird. Und so unangenehm ihr »Kopfwaschen« auch sein wird, ist es vermutlich doch notwendig, damit wir hinterher wieder ganz unbelastet miteinander befreundet sein können.

Ob das mit Milo auch so einfach werden kann? Ich kenne ihn zu wenig, um das beurteilen zu können.

Wieder werfe ich einen Blick aus dem Fenster. Keine Veränderung. Irgendwas muss passieren. Ich möchte das jetzt endlich klären! Daher schaue ich mich in meinem Zimmer um und werfe kurz entschlossen einen Radiergummi an Milos Fenster. Keine Reaktion. Hat er es vielleicht nicht gehört? Nun nehme ich mir eine Muschel, die ich am Nordseestrand gefunden habe, und werfe die. Es macht *Klong* an der gegenüberliegenden Fensterscheibe. Das kann er nicht überhört haben, doch wieder regt sich nichts. Verdammt! Was nun? Mein Blick fällt auf den Papierflieger, den er mir vor zwei Tagen ins Zimmer geworfen hat. Hm. Sein Fenster ist geschlossen, aber trotzdem schnappe ich mir ein Blatt Papier und schreibe drauf: »Bitte lass uns reden. Es ist alles ganz anders, als du denkst!« Das Blatt klebe ich von außen an meine Fensterscheibe und warte. Nichts passiert.

Nach zehn Minuten werfe ich einen Blick hinaus. Nichts. Wieder warte ich zehn Minuten. Und noch einmal. Als ich das vierte Mal aus dem Fenster sehe, klebt an Milos Scheibe endlich ein Zettel. »Okay«, steht da, mehr nicht. Hm. Wieder werfe ich eine Muschel gegen sein Fenster. Und nun öffnet sich endlich der Vorhang, und Milo erscheint.

Du meine Güte, er sieht total mitgenommen aus. Unter den Augen hat er dunkle Schatten. Seine Haare sind ungewohnt zerzaust. Mein Herz bekommt einen Stich. Ich schlucke.

»Wollen wir eine Runde mit Django laufen?«, frage ich vorsichtig. Milo nickt und verschwindet, ohne ein Wort zu sagen. Puh. Ich hoffe, dass er jetzt auch wirklich runterkommt. Mein ganzer Körper kribbelt vor Aufregung. Wie ich aussehe, ist mir egal. Ich möchte einfach nur mit Milo reden. Blitzschnell renne ich auf die Straße und warte vor seiner Haustür.

Die öffnet sich wenige Momente später tatsächlich. Django rennt mit wedelndem Schwanz auf mich zu und springt an mir hoch. Zum ersten Mal überwinde ich mich und bücke mich, um ihn ausgiebig zu streicheln. Django freut sich riesig darüber. Sein Schwanz wedelt hin und her. Vorsichtig schiele ich zu Milo hoch, der die Hände in die Seiten gestemmt hat und einen sicheren Abstand wahrt.

»Hey«, murmele ich. Milo hebt nur die Hand. Nun richte ich mich wieder auf. Es bringt ja nichts, irgendwann muss ich dieses Gespräch anfangen.

»Komm, lass uns los«, schlage ich daher vor, und wir trotten wortlos in Richtung Park.

Plötzlich verlässt mich wieder all mein Mut. Ich traue

mich einfach nicht, das Gespräch anzufangen, viel zu groß ist die Angst, dass Milo mir die Lügen nicht verzeiht. Was, wenn er mir nicht glaubt? Was, wenn er mit jemandem, der so viele Lügen erfindet, nichts mehr zu tun haben will? Immer wieder werfe ich ihm hastige Seitenblicke zu, doch Milo starrt einfach geradeaus. Es nutzt nichts, ich muss es endlich hinter mich bringen.

»Milo, also … es ist wirklich nicht so, wie du denkst«, fange ich leise an. Endlich wendet er mir den Kopf zu, doch sein Blick ist eiskalt und durchbohrt mich förmlich.

»Ich habe gar keinen Freund«, erkläre ich.

»Aha«, macht er und bleibt stehen. »Und wieso reden deine Freundinnen dann davon, dass *du Stress mit deinem Freund* hast?« Er zeichnet Gänsefüßchen in die Luft.

Ich kann jetzt einfach nicht stehen bleiben, sondern möchte weiterlaufen. Dann muss ich ihm bei meinem Geständnis nicht in die Augen schauen. Also gehe ich langsam weiter, und Milo folgt mir mit zwei Schritten Abstand.

»Ich habe keinen Freund und hatte auch noch nie einen«, sage ich und höre hinter mir nur ein verächtliches Schnauben. Er glaubt mir nicht. »Als ich aus den Ferien zurückgekommen bin, hatten Joey und Meral plötzlich beide Freunde, und alles war doof. Dann wollten sie mich auch noch mit irgendeinem Typen verkuppeln, der total daneben war. Da blieb mir nichts anderes übrig, als einen Freund zu erfinden. Damit sie mich in Ruhe lassen. Und damit ich kein Außenseiter bin.«

Puh, so weit erst mal geschafft. Die Wahrheit ist raus. Schon fühle ich mich ein wenig besser. Milo ist nun wieder neben mir, und plötzlich möchte ich ihn doch anschauen. Ich muss einfach in seine Augen sehen. Ob ich die Verletztheit darin schon ein wenig vertreiben konnte? Aber er hat den Blick noch immer nach vorne gerichtet. Als er merkt, dass ich auf eine Reaktion warte, zuckt er mit den Schultern. »Ich weiß nicht, Lynn«, bringt er stockend hervor.

»Was denn?«

»Ob das stimmt, was du erzählst.« Seine Stimme ist scharf wie ein Messer.

»Ja, klar«, flüstere ich eingeschüchtert.

Er schnaubt. »Klar? Seit gestern ist nichts mehr klar. Ich habe in den letzten zwei Wochen ein Bild von dir bekommen, und plötzlich war alles völlig anders. Jetzt weiß ich gar nicht mehr, was ich noch glauben soll.« Er macht eine kurze Pause. »Vor allem weiß ich nicht, ob du die Lynn bist, die ich kennengelernt habe, oder vielleicht doch eine ganz andere. Bist du jemand, dem man vertrauen kann? Oder jemand, der am laufenden Band Lügengeschichten erfindet?« Seine Augen funkeln mich an. Dann wendet er sich von mir ab.

Ich stelle mich vor ihn und zwinge ihn, mich anzusehen. »Milo, ich schwöre, ich habe so was noch nie gemacht. Das ist gar nicht meine Art. Ich war nur so verzweifelt und habe mich wahnsinnig allein gefühlt.«

»Nicht mehr allein als ich gestern.« Sein ganzer Körper ist angespannt.

Beruhigend lege ich ihm meine Hand auf den Arm, den er vor der Brust verschränkt hält. »Ich weiß, dass deine Exfreundin dich sehr verletzt hat. Aber ich schwöre dir, dass ich dich niemals anlügen werde. Und im Grunde habe ich das ja auch nie.« Ein kleines Grinsen huscht über mein Gesicht. Milo legt den Kopf schief. Er versteht nicht, was ich meine.

»Na ja«, erkläre ich, »ich habe meine besten Freundinnen angelogen, die auch echt sauer auf mich waren, aber dir habe ich doch immer die Wahrheit gesagt, oder nicht?«

Milos Stirn legt sich in Falten. Nach ein paar Augenblicken muss er auch schmunzeln. »Tja, so gesehen hast du vermutlich recht.«

Wir sind an einem kleinen Teich angelangt. Django springt freudig hinein.

»Komm, wir setzen uns«, schlage ich vor.

Milo willigt ein und sieht nicht mehr ganz so mürrisch aus. Eine Weile schauen wir Django schweigend dabei zu, wie er herumtollt. Milo wirft ihm immer wieder ein Stöckchen ins Wasser, das Django begeistert apportiert.

Irgendwann nehme ich noch einmal all meinen Mut zusammen. Ganz sanft fahre ich mit meinem Zeigefinger über sein Handgelenk. Milo fährt zusammen und reißt den Arm sofort weg.

Ich schlucke und lächele ihn an. »Du hast es abgenommen.« Meine Stimme ist peinlich brüchig. Seine Reaktion hat mich aus dem Konzept gebracht.

Er verzieht das Gesicht, antwortet aber nicht.

»Du sagtest …«, stammele ich.

»Ich weiß, was ich gesagt habe«, fährt er mich an. Als ich vor Schreck zusammenzucke, entschuldigt er sich. »Tut mir leid, das war wohl ein wenig zu impulsiv.«

Wieder fällt lange kein Wort. Django hat genug vom Wasser, schüttelt sich und legt sich zwischen uns. Dass mein Hosenbein dabei ganz nass wird, macht mir nichts. Milo und ich kraulen gedankenverloren in dem feuchten Hundefell. Nach einer gefühlten Ewigkeit berühren sich unsere Finger. Zufällig? Das weiß ich nicht, aber es ist, als ob mich ein Stromschlag durchfährt.

»Der Gedanke, dass du mir die letzten Tage was vorgelogen hast, hat mich fertiggemacht. Ich habe mir die ganze Zeit vorgestellt, wie du bei deinem Freund im Arm liegst und dich mit ihm über mich kaputtlachst. Der idiotische neue Nachbar, der sich von allen Mädchen verarschen lässt.« Wieder dieser Schmerz in seinem Blick.

»Das habe ich nicht eine Sekunde lang gedacht. Ich gebe zu, dass ich am Anfang etwas genervt war von deiner Existenz.« Entschuldigend füge ich hinzu: »Weil du direkt in mein Zimmer schauen kannst. Aber ich habe nie irgendwas Blödes über dich gedacht. Im Gegenteil.«

Er mustert mich lange. Ich versuche zu lächeln, aber das fällt nicht leicht.

»Ich mag dich, ehrlich! Bitte vergiss alles, was gestern passiert ist, ja? Können wir nicht einfach da weitermachen, wo wir aufgehört haben?«

Er legt den Kopf schief und überlegt. Nach einer Weile atmet er tief ein und wieder aus. Dann nickt er. »Und wo war das?«

Ich beiße auf meine Unterlippe. »Du hast mich zum Eisessen zu euch eingeladen.«

»Stimmt. Das Eis ist jetzt leider schon alle.« Er pikst

mir seinen Ellenbogen in die Seite. »Frustessen, du weißt schon.«

»Haha!« Ich ziehe die Augenbrauen zusammen und sehe ihn böse an.

»Schon gut, ich sage nichts mehr!«, verspricht er. »Aber soweit ich weiß, wird heute Abend wieder gegrillt. Bei uns diesmal.«

»Ich habe davon gehört und komme sehr gerne«, sage ich lachend und bin total erleichtert, dass dieser Abend nun auch so stattfinden kann, wie von unseren Müttern geplant.

»Dann lass uns mal los. Bestimmt muss ich helfen, den Grill anzuwerfen.« Milo erhebt sich, und auch Django springt auf, obwohl er eben noch im Tiefschlaf war.

Wir laufen nach Hause, sagen nichts, aber schauen uns immer wieder lächelnd an. Drei Mal berühren sich beim Laufen unsere Arme, und mein ganzer Körper kribbelt, wenn das passiert. Und als wir uns vor Milos Haustür verabschieden, kann ich es kaum erwarten, dass die zwei Stunden vergehen, bis wir uns wiedersehen.

20. Kapitel

Die Zeit bis zum Grillen vergeht tatsächlich schneller als gedacht. Natürlich will Meral wissen, wie es mit Milo gelaufen ist. Und auch Joe ruft noch mal an. Unser Gespräch ist viel dramatischer als das mit Meral. So ist Joey eben. Aber nachdem ich mir eine halbstündige Standpauke über Ehrlichkeit und Freundschaft anhören musste, schaffen wir alle schlechten Gefühle zwischen uns aus der Welt. Das hoffe ich zumindest.

Als Entschuldigung lade ich die beiden nächstes Wochenende zum Grillen ein. Das wollten meine Eltern ja eh noch machen, und da wir es in den Sommerferien nicht mehr geschafft haben, holen wir es eben nach der ersten Schulwoche nach. Moritz und Luis dürfen auch kommen, und wenn Milo will, möchte ich ihn auch gerne dabeihaben.

Als wir zu den Nowacks rübergehen, pocht mein Herz wie verrückt. Milos Eltern sind so herzlich wie beim letzten Mal. Milo steht am Grill und sieht einfach umwerfend aus. Vor den glühenden Kohlen ist er ins Schwitzen gekommen. Ein Schweißtropfen rinnt ihm die Schläfe hinunter.

»Die Würstchen können auf den Grill!«, ruft er. Seine

Mutter nickt und holt aus der Küche eine Platte mit Fleisch, Wurst und Grillkäse. Es sieht wahnsinnig lecker aus.

»Ich muss mich umziehen«, entschuldigt sich Milo bei den anderen, die bereits am Tisch sitzen und schon Salat und Saucen auf ihre Teller schaufeln. Nur Benny liegt wieder neben Django im Gras und spielt mit seinem haarigen Freund. »Willst du mein Zimmer sehen?«, fragt Milo jetzt an mich gerichtet, und ich willige ein.

»Aber beeilt euch«, ermahnt uns Milos Vater. »Die Spieße sind gleich fertig!«

»Klaro!«, ruft Milo, und wir flitzen ins Haus. Während wir die Treppen in den ersten Stock hinauflaufen, steigt die Spannung in mir. Wie sieht Milos Zimmer aus? Und vor allem: Wie sieht mein Zimmer von dem Haus der Nowacks aus?

»Und hier wohne ich.« Milo öffnet die Tür zu seinem Zimmer. Richtig gemütlich ist es hier. Auf dem Bett liegt eine grau-weiß karierte Tagesdecke, und auch die Schränke sind grau und weiß. Es wirkt alles so aufgeräumt. An einer Wand hängen ein paar Fotos, die ich mir ansehe. Und einen Blick aus dem Fenster werfe ich natürlich auch.

»Ich ziehe mir nur schnell ein frisches Shirt über, ja?« Milo beginnt in seinem Schrank zu wühlen und zieht ein dunkelblaues Shirt hervor. Als er sich daranmacht, das verschwitzte über den Kopf zu streifen, wende ich mich schnell ab. Sein braun gebrannter Rücken ist mir aber trotzdem nicht entgangen. Meine Kehle schnürt sich zu.

»Wenn du deine Vorhänge ab und zu mal beiseiteschieben würdest, könnten wir uns ganz leicht miteinander unterhalten.« Er stellt sich neben mich. Zum Glück ist er jetzt wieder angezogen.

»Werde ich machen, versprochen!«

Lange schauen wir uns an. Seine Augen sind wieder so wunderschön wie am ersten Tag, der matte Schimmer ist verschwunden.

»Ähm«, macht Milo und reibt sich den Nacken. »Du hast vorhin gesagt, dass du gerne da weitermachen würdest, wo wir aufgehört haben. Ist das noch immer so?«

Ich nicke, ohne zu wissen, worauf er hinauswill. »Ja, klar. Wieso? Gibt es Eis zum Nachtisch?«

Er legt den Kopf schief. »Hm, ich glaube schon.«

»Na dann«, sage ich und spüre, wie mein Mund ganz trocken wird, weil Milo noch immer so komisch guckt.

Plötzlich spüre ich, wie er mit der Hand sanft über meinen Rücken streicht. »Um ehrlich zu sein, wollte ich aber ein wenig anders weitermachen, als nur Eis zu essen«, flüstert er und zieht mich vorsichtig an sich. Mit der anderen Hand streichelt er meine Wange. Dann beugt er seinen Kopf hinunter, zögert kurz, doch als ich mich nicht bewege, schließt er seine Augen, und kurz darauf berühren sich unsere Lippen. Meine Knie werden weich, gleichzeitig habe ich das Gefühl, dass mein Körper vor Freude explodieren will. Es ist der absolut beste Moment. Als er seinen Kopf wieder ein Stück zurückzieht, um mich zu mustern, schaue ich verschämt zu Boden.

»Ich hoffe, das war okay«, sagt er leise.

Ich lache viel zu schrill. »Aber ja, es ist nur …« Mir versagt die Stimme.

Wieder legt er den Kopf schief. Oh nein, oh nein, nicht dass er schon wieder was Falsches denkt.

»Es war mehr als okay. Es war wunderschön, aber ich habe noch nie … Also, ich habe doch noch nie jemanden geküsst.« Wie verdammt peinlich mir das ist. Doch er lächelt nur, und sein Blick wird ganz sanft. »Das lässt sich ganz leicht ändern!« Dann nimmt er mein Gesicht in beide Hände und küsst mich erneut. Wie selbstverständlich lege ich meine Arme um seine Hüfte und fühle mich, als würde ich schweben.

Ein lautes »Essen!« holt uns zurück auf den Boden. Wir grinsen uns an, dann packt Milo meine Hand und zieht mich nach unten in den Garten.

Dort sind alle schon damit beschäftigt, sich Fleisch zu nehmen, und beachten uns nicht weiter. Nur Benny wirft mir fragende Blicke zu. Und das, obwohl ich Milos Hand losgelassen habe, bevor wir die Terrasse betreten haben. Der kleine Schlingel hat irgendwie einen sechsten Sinn. Er lässt Milo und mich nicht aus den Augen – das ganze Essen lang nicht. Zum Glück sitzen Milo und ich nebeneinander. Ohne dass es jemand sieht, berühren sich unsere Beine immer wieder unter dem Tisch. Und wir tauschen laufend verstohlene Blicke aus und müssen grinsen.

Unsere Väter unterhalten sich über die anstehende Wahl, unsere Mütter schwärmen wegen des neuen Gartencenters. Und irgendwann, als das Essen beinah vorbei ist und ich gerade überlege, wann Milo und ich uns wohl wieder verkrümeln können, ruft Ben ganz laut: »Lynn und Milo sind verliiiiiebt!«

Ich lange über den Tisch und gebe ihm einen Klaps auf den Arm. Was für ein Frechdachs! Dann werfe ich einen peinlich berührten Blick in die Runde. Alle schauen Milo und mich an. Nun schiebt Milo seinen Stuhl nach hinten, erhebt sich und läuft um den Tisch herum, um sich Ben zu schnappen. Er hebt ihn einfach von seinem Stuhl hoch, wirft ihn sich lachend über die Schulter und ruft: »Und weißt du, was ich glaube? Du bist in Django verliiiiiiiebt!« Dabei imitiert er Bens Tonfall ziemlich perfekt. Ben fängt an zu quieken und zu juchzen, unsere Eltern lachen, nur meine Mama sieht mich an. Als sich unsere Blicke treffen, zwinkert sie mir zu.

»Lynn?«

Ich schaue auf meine Uhr: 22:47. Was war das? Habe ich geträumt?

»Lynn? Bist du noch wach?« Langsam erhebe ich mich und gehe zum Fenster. Auf der anderen Seite steht Milo in seinem Zimmer. Ein Lächeln huscht über sein Gesicht, als er mich sieht. Während ich mein Fenster weit öffne, schwingt er sich hoch und lässt die Beine nach draußen baumeln.

»Ich kann nicht schlafen«, flüstert er. »Zu viel Kartoffelsalat gegessen.«

Gähnend recke ich meine Arme in die Luft. »Ich hab schon geschlafen.«

»Oh, tut mir leid.« Er legt seinen Kopf schief.

»Kein Problem!« Kurz schauen wir uns nur an. Vermutlich ist er genauso glücklich wie ich, dass zwischen uns nun alles geklärt ist. Noch einmal denke ich an seine Küsse und bekomme prompt eine Gänsehaut. Leider gab es den restlichen Abend über keine Möglichkeit mehr für uns, noch mal alleine zu sein. Nun ist er mir so nah, aber doch zu weit weg, als dass wir das wiederholen könnten.

Plötzlich räuspert er sich. »Ich … äh, tja, also. Während du schon geschlafen hast, habe ich ein wenig gebastelt.«

Fragend schaue ich ihn an. Er greift in die Tasche seiner Jeans, zieht die Hand als Faust geballt wieder heraus, öffnet sie aber nicht. Er setzt an, etwas zu sagen, bricht wieder ab und startet erneut: »Du versprichst mir doch, dass du mir immer die Wahrheit sagst, oder?«

»Ja, natürlich«, antworte ich viel zu laut. Hoffentlich hat das niemand gehört. Aber zum Glück liegt das Schlafzimmer meiner Eltern auf der anderen Seite des Hauses.

»Gut. Dann würdest du mir doch auch sagen, wenn du das hier nicht willst, oder?« Er hebt seine Faust ein Stück.

Ich platze gleich, so gespannt bin ich. Was hat er da? »Ja, ich bin immer ehrlich zu dir, versprochen!«

Er atmet tief ein und wieder aus. Langsam öffnet er seine Faust. Etwas Längliches liegt darin, doch ich kann es nicht genau erkennen, weil es einfach zu dunkel ist. Mit den Fingern der anderen Hand hebt er es nun in die Höhe. Mir verschlägt es den Atem. Es sind zwei Armbänder.

»Würdest du das von mir annehmen?« Sein Blick huscht hin und her.

Meine Emotionen spielen verrückt. Das ist der Wahnsinn! Am liebsten würde ich jetzt zu ihm rüberklettern und ihn umarmen, aber dafür stehen die Häuser doch zu weit auseinander. Stattdessen stammele ich nur: »Ja, natürlich. Das ist, das ist so ... so süß von dir.«

Ich sehe, wie unangenehm ihm das alles ist. Er hat Angst vor einer Abfuhr.

Darum lächele ich ihn an, lehne mich so weit aus dem Fenster, wie es nur geht, und strecke ihm meinen Arm entgegen. Sorgfältig verknotet er das Armband und achtet darauf, dass es nicht zu fest sitzt. Als er fertig ist, betrachte ich das Band an meinem Handgelenk lange. Es ist ganz schmal, aber aus vielen, vielen Knoten geknüpft. Und selbst wenn Blau bisher nicht unbedingt zu meinen Lieblingsfarben gezählt hat, ist sie es jetzt.

»Danke. Es ist wunderschön. Und nun ich!«, sage ich und beuge mich wieder aus dem Fenster, um diesmal Milo sein Armband umzubinden. Schließlich halten wir unsere Handgelenke nebeneinander, und es ist, als würden wir einen unausgesprochenen Schwur ablegen. So glücklich wie in diesem Moment war ich wohl noch nie.

»Und jetzt geh wieder schlafen. Wir sehen uns morgen.« Milo streichelt noch einmal meine Hand. Ich werfe ihm einen Luftkuss zu, schließe mein Fenster und lege mich zurück in mein Bett. Wieder und wieder streiche ich mit meinem Finger über das Armband, bis ich nach Ewigkeiten endlich einschlafe.

21. Kapitel

»Joey, gibst du mir mal den Ketchup?«

»Joe! Ohne -y!«

»Wer will denn noch ein Stück vom Grillkäse?«

»Kannst du deinem Hund mal sagen, dass er mich nicht ständig anbetteln soll, nur weil ich ihm *ein Mal* ein Stück Fleisch abgegeben habe?«

Es ist ein buntes Durcheinander, als wir am nächsten Wochenende alle zusammen auf unserer Terrasse sitzen – Meral und Luis, Milo und ich, Joey, die sich tatsächlich von Moritz getrennt hat, Benny, meine Eltern und Milos Eltern. Wir mussten uns einen Tisch von den Nowacks ausleihen. Für zehn Leute reicht unserer einfach nicht aus.

Und hier sitze ich jetzt mit all meinen Lieben an einer Tafel und bin sehr zufrieden.

Zwischen Meral, Joey und mir ist alles wieder okay. Wir waren am ersten Schultag nachmittags bei *Venezia*, haben lange geredet und alle Unstimmigkeiten aus der Welt geschafft. Manchmal muss ich mir noch Sprüche anhören wegen Valentin. Das ärgert mich dann jedes Mal ein wenig, aber das habe ich wohl verdient.

Die erste Schulwoche war aufregend wie immer. Wir haben zwei neue Lehrer bekommen, mal sehen, wie es mit denen so wird. Herr Schwarz soll ganz schön streng sein. Und ein neues Mädchen ist auch in unserer Klasse – Alicia. Um sich an Joey zu rächen, bändelt Moritz gerade mit ihr an. Joe hatte tatsächlich plötzlich genug von seinen blöden Sprüchen. Irgendwann war es ihr einfach zu viel. Jetzt sind sie also getrennt, und Joe ist stolz darauf, die Erste von uns dreien zu sein, die einen Exfreund hat. Traurig war sie jedenfalls nicht eine Sekunde. Vielleicht hatte das auch damit zu tun, dass sie gleich am ersten Schultag von einem Jungen aus ihrer Theater-AG gefragt wurde, ob sie sich mit ihm mal treffen möchte. Mit Joey werden wir wohl noch so einiges erleben!

Das Alleraufregendste ist aber, dass Milo nun an unserer Schule ist. Sein Klassenraum befindet sich auf dem gleichen Flur wie unserer, wir sind nur durch vier Räume voneinander getrennt. Es gab natürlich großes Getuschel, als ein paar Mädchen den neuen Jungen entdeckt haben. Noch viel größer wurde das Getuschel aber, als ich ganz selbstverständlich zu ihm hingegangen bin und wir Arm in Arm zur Mensa gelaufen sind. Ich konnte all die fragenden und erstaunten Blicke in meinem Rücken spüren. Und auch wenn es mir ein wenig unangenehm war, habe ich mich mit Milo an meiner Seite stark wie nie gefühlt.

Überhaupt genieße ich jeden Moment mit ihm. Es ist alles neu, unbekannt und aufregend. Manchmal kann ich es gar nicht glauben, wie schnell das jetzt alles ging, dass ich vom fünften Rad am Wagen zu Milos Freundin wurde.

Seine blauen Augen strahlen mich an, als er mir die Schüssel mit dem Kartoffelsalat über den Tisch reicht. Ich wünsche mir, dass sie mich lange, lange Zeit so anstrahlen werden wie jetzt.

»Puh, überall diese Verliebten um einen herum«, mosert Joey. »Gib die Schüssel doch mal weiter, Lynn!« Sie pikst mir ihren Ellenbogen in die Seite. Ich muss lachen. Natürlich meint sie das nicht wirklich ernst. Aber sie spielt ihre Rolle des Neu-Singles nur zu gern und voller Leidenschaft.

Meral und Luis schauen sich lachend an. Die beiden bleiben bestimmt lange ein Paar. Sie passen einfach gut zusammen. Und ich mag Luis sehr. Er ist ruhig, entspannt und zurückhaltend. Manchmal ein bisschen *zu* sehr, aber Milo kommt bestens mit ihm aus, und er wird schon noch auftauen.

Einen nach dem anderen schaue ich an und wünsche mir, dass einfach alles so bleibt wie jetzt. Milo sieht mich fragend an. Er kennt mich ziemlich gut und weiß genau, wann ich nachdenklich werde.

»Alles gut«, flüstere ich, und er lächelt.

Und es stimmt – es ist einfach alles gut.

Nach dem Essen spielt Milo mit Luis und Ben Fußball. Meral, Joe und ich setzen uns gemeinsam auf den Rasen und schauen ihnen zu.

»Milo ist wirklich toll«, sagt Meral, »ihr passt richtig gut zusammen.«

»Er ist aber bei Weitem nicht so romantisch wie Valentin«, frotzelt Joe und gibt mir einen sanften Schubs.

Erst will ich zurückstänkern, aber dann kommt mir in den Sinn, dass mir schon lange etwas auf der Seele brennt: »Mädels, wegen Valentin … und Jungs so im Allgemeinen …«, stammele ich drauflos. »Also, ich wollte sagen, dass … na ja, dass ich es toll fände, wenn es so eine blöde Situation nicht noch mal zwischen uns gibt. Denn als Allererstes sind wir drei doch Freundinnen, egal, ob wir nun gerade in einer Beziehung stecken oder nicht, findet ihr nicht auch?«

Meral nickt sofort stürmisch, und Joe tut erst so, als ob sie überlegen würde, lacht dann aber und umarmt uns.

»Klar! Ihr zwei seid wichtiger als jeder Typ. Uns kann nichts trennen!«, ruft sie. Ich bekomme kaum Luft, so fest drückt sie uns. Doch dann lässt sie wieder los, und wir fassen uns an den Händen.

»Kommt, einen Freundschaftsschwur«, fordert Joe uns auf. »Wir schwören …«, beginnt sie.

»… dass uns kein Junge auseinanderbringt«, fügt Meral hinzu.

»Dass wir immer füreinander da sein werden, egal, was kommt«, sage ich.

»Und wir schwören«, ergreift nun Joey wieder das Wort, »dass wir die arme Joe, die jetzt wieder Single ist, täglich mit Eiscreme verwöhnen werden!«

Lachend brechen wir zusammen. So durchgeknallt, kopf- oder gedankenlos meine Freundinnen auch sein mögen, es sind die besten – und das für alle Zeit.

ENDE

GRETCHEN IST UNSER MÄDCHEN!

Alle drei Romane über Gretchen
in einem Band!

Christine Nöstlinger
Gretchen Sackmeier
496 Seiten I ab 12 Jahren
ISBN 978-3-8415-0141-7

Bei Margarethe Maria Sackmeier, genannt Gretchen, ist immer was los! Mit 14 fühlt sie sich zu dick. Mit 15 muss sie plötzlich ohne den Papa und ihren Bruder auskommen. Denn Gretchens Mama hat sich dazu entschlossen, ihr Leben zu ändern. Als Gretchen 17 ist, lebt die Familie wieder zusammen. Aber jetzt hat Gretchen neue Probleme. Für wen soll sie sich entscheiden: für Florian oder Hinzel? Am liebsten würde sie beide nehmen ...

www.oetinger-taschenbuch.de